光文社文庫

文庫書下ろし／長編時代小説

獄《ごく》門《もん》待ち

隠密船頭（十）

稲葉　稔

光　文　社

この作品は光文社文庫のために書下ろされました。

『獄門《ごくもん》待ち』

目次

小石川
白山
伝通院
神明宮
中山道
駒込
小石川御門
水戸徳川家
春日町
水道橋
千駄木
駒込追分
加賀前田家
本郷
道灌山
日暮里
霊雲寺
湯島天神
神田大明神
池之端仲町
不忍池
弁天
明神下
根岸
谷中
外神田
下谷広小路
東叡山寛永寺
下谷金杉町
御徒町
向柳原
三味線堀
広徳寺
幡随院
下谷竜泉寺町
甚内橋
元鳥越町
猿屋町
鳥越川
千住大橋
阿部川町
新吉原
新堀川
御蔵前片町代地
日本堤
東本願寺
御蔵前通り
御蔵前
首尾の松
御米蔵
浅草寺
小塚原
田原町
西仲町
材木町
並木町
浅草広小路
雷門
浅草奥山
山谷町
新鳥越町
新鳥越橋
石原橋
御厩河岸之渡し
駒形町
花川戸町
日光道中
山谷堀
揚場
浅草橋場町
駒形堂
竹町之渡し
吾妻橋
今戸橋
今戸町
白鬚之渡し
中之郷竹町
中之郷瓦町
源森川
竹屋之渡し
向島墨堤
木母寺
隅田村
三囲稲荷
長命寺
小梅村
須崎村
寺島村
北割下水
法恩寺橋
業平橋
小梅村
天神橋
押上村
亀戸天神

麹町
番町
千鳥ヶ淵
半蔵御門
田安御門
西之御丸
虎之御門
外桜田御門
雉子橋御門
新シ橋
江戸城
一橋御門
和田倉御門
南町奉行所
幸橋
土橋
鍛冶橋御門
北町奉行所
汐留橋
数寄屋橋御門
呉服橋御門
神田橋御門
常盤橋御門
竜閑橋
昌平橋
鍛冶町
三十間堀
京橋
数寄屋町
和泉橋
西本願寺
日本橋
魚河岸
佐久間河岸
神田相生町
内神田
楓川
荒布橋
中之橋
大伝馬町
小伝馬町
通油町
亀井町
神田川
八丁堀
弾正橋
海賊橋
江戸橋
八丁堀組屋敷
亀島橋
南茅場町
日本橋川
小網町
柳原土手
左衛門河岸
銀杏八幡
中之橋
伝次郎の自宅
馬喰町
横山町
霊岸橋
稲荷橋
川口町
亀島川
一ノ橋
行徳河岸
両国西広小路
浅草橋
新川
北新堀町
崩橋
箱崎町
福井町
霊岸島
二ノ橋
佃島
浜町堀
薬研堀
箱崎川
永久橋
両国橋
柳橋
石川島
永代橋
下之橋
大川端
一ツ目之橋
尾上町
藤代町
大川
熊井町
今川町
上之橋
万年橋
新大橋
御船蔵
南本所元町
駒留橋
横網町
佐賀町
深川中島町
千鳥橋
海辺大工町
六間堀
大日横町
弁天町
松井町
相生町
回向院
御竹蔵
亀沢町
油堀
材木町
万年町
北之橋
六間堀町
山城橋
竹河岸
越中島
亥ノ口橋
富岡橋
海辺橋
高橋
猿子橋
中ノ橋
弥勒寺橋
二ツ目之橋
永代寺
深川
緑町
南割下水
蓬莱橋
冬木町
仙台堀
小名木川
深川元町
五間堀
本所
富岡八幡宮
霊巌寺
竪川
亀久橋
雲光院
三ツ目之橋
洲崎
木場
北辻橋
大横川
扇橋
猿江橋
南辻橋
新辻橋
亀戸村
長崎橋
西
北
東
南
四ツ目之橋
猿江町
御材木蔵
横十間川
0
1km

『獄門《ごくもん》待ち　隠密船頭（十）』おもな登場人物

沢村伝次郎　……　南町奉行所の元定町廻り同心。一時、同心をやめ、生計のために船頭となっていたが、南町奉行の筒井和泉守政憲に呼ばれて内与力格に抜擢され、奉行の「隠密」として命を受けている。

千草　……………　伝次郎の妻。

与茂七　…………　町方となった伝次郎の下働きをしている小者。

粂吉　……………　伝次郎が手先に使っている小者。元は先輩同心・酒井彦九郎の小者だった。

筒井政憲　………　南町奉行。名奉行と呼ばれる。船頭となっていた伝次郎に声をかけ、「隠密」として探索などを命じている。

獄門《ごくもん》待ち　隠密船頭（十）

第一章　奉行の迷い

一

南町奉行所の奥は、奉行の家族とその家臣のための住居である。大名家の上屋敷と同じように御殿奥と呼ぶこともある。

その奥御殿の一間《ひとま》で奉行の筒井政憲《つついまさのり》は、手元にある一通の訴状に目を注いでいた。

それは評定所《ひょうじょうしょ》前の「目安箱」に届いたもので、本来はその内容から、取り上げられずに焼却されるはずのものだった。しかし、かねて懇意にしていた目安箱の管理をしている知己《ちき》の評定所書役《しょかきやく》がその中身に目を留め、気になったので内密に届けてくれたものだった。内容は言うなれば助命嘆願書とも言うべきものであった。

目安箱は、八代将軍の徳川吉宗《とくがわよしむね》が始めさせたもので、政治についての意見、役人の犯罪についての訴えや、役所に訴えたが取り上げられなかったことなどについて、民百姓の意見を吸い上げようという意図から設置されたものである。江戸城辰《たつ》の口《くち》の評定所前に箱が置かれ、無記名のものや内容のそぐわないものは取り上げられないが、取り上げられれば、建前として将軍が目を通して判断するという仕組みになっていた。

行灯《あんどん》と燭台《しょくだい》のあかりを受ける筒井の顔が渋くゆがめられ、「ううむ」といううめきに似たつぶやきさえも漏れた。

筒井はもう一度手にしている訴状に目を落とし、

(わしの裁きに間違いがあったというのか……)

と内心でつぶやき、顔を上げて宙の一点に目を凝らした。

筒井はある信条を持ち、そのことをできるだけ貫こうと、町奉行職に就いてからおのれに固く誓っている。それは、

——罪人をできうるかぎり出さない。

ということであった。

そんな筒井のことを、著名な朱子学者《しゅしがくしゃ》である安積艮斎《あさかごんさい》はこう評している。

「筒井様は下情《かじょう》に通じ、配下の者をよく束ね、江戸市民を愛育し、少しも私心《ししん》なく、罪の有無を判断するのは明敏で、遅滞《ちたい》することがなかった」

そんな筒井の心が、燭台の炎のように揺らめいていた。

筒井はかつて昌平坂《しょうへいざか》学問所きっての秀才で、その後、二の丸留守居《るすい》・西の丸徒《かち》頭《がしら》・目付《めつけ》・長崎《ながさき》奉行、そして南町奉行と順調に出世街道を歩んできた。

しかし、たった一枚の訴状で、罪人を出さないという筒井の経歴に瑕疵《かし》がつきそうになっている。

「あの裁きは……」

思わずつぶやきを漏らした筒井は、しわ深くなった老顔に苦渋《くじゅう》の色を浮かべ、唇を引き結び、手にある訴状を丁寧に畳《たた》んだ。

二

「旦那、どうです。だいぶよくなりましたか？」

艫《とも》のほうで棹《さお》を操っている与茂七《よもしち》が沢村伝次郎《さわむらでんじろう》に声をかけた。

伝次郎は大川端《おおかわばた》の一部を埋めるように茂っている薄《すすき》を眺めていた。明るい日差しのなかに繁茂《はんも》する薄は銀色に輝いている。

「うむ。呑み込みがよくなった」

伝次郎が振り返って言うと、与茂七は嬉しそうに破顔《はがん》した。

船頭仕事を覚えたいという与茂七に暇がある度に、猪牙舟《ちょきぶね》を操船させているが、少しずつ腕を上げているのはたしかだった。

与茂七は腹掛け半纏《はんてん》に襷《たすき》を掛け、そして裸足《はだし》である。寒いときは滑りにくい足半《あしなか》か足袋《たび》を穿《は》くが、まだその季節ではない。

端《はた》から見れば与茂七が船頭で、伝次郎は侍の客だ。

しかし、船頭の師匠は伝次郎である。

「与茂七、もう少し川中へ舟を寄せろ。岸に近すぎる」

伝次郎がそう言うと、

「そりゃあわかっていますが、旦那は澪《みお》を読むのは大事だとおっしゃったじゃないですか」

と、言葉を返してくる。

この辺の素直さが足りないのが、与茂七の甘さで短所でもある。だが、伝次郎は無闇にそのことを指摘しない。

「たしかに澪を読むのは大事だ。されど、上りの舟の邪魔になってはいかぬ。下る舟は川のなかほどというのが、船頭たちの掟《おきて》だ」

「へえ、承知しました」

与茂七は棹を右舷《うげん》から左舷《さげん》に突き立てて進路を調整した。

澪は水流の加減で深くなっており、小さい舟の航路に適している。そのあたりの色はまわりと比べて、少し濃い青になっている。経験を積んだ船頭は澪を即座に見分けることができる。

「それにしても今日はよく晴れておるな」

伝次郎は真っ青に晴れた空を見上げる。

二羽の鳶《とび》が気持ちよさそうに旋回していた。

「そうですね。でも、おれはこれから寒くなると思うと気が滅入《めい》ります。ずっと秋か春ならよいのに……」

「誰もがそう思うだろうが、そうはいかぬのが自然の摂理《せつり》であろう。与茂七、戻ったら稽古をつけてやる」

「ほんとですか、お願いします」

与茂七は目を輝かせ、舟を急がせるように棹を使った。

舟は新大橋《しんおおはし》をくぐり抜けた。その日の大川は流れを止めたようにゆるやかだった。ときおりさざ波が立つ程度で、そのときだけ銀鱗《ぎんりん》のようにちらちらとした光を放った。

舟は箱崎川《はこざきがわ》に入るとそのまま日本橋川《にほんばしがわ》を突っ切り、亀島橋《かめじま》の袂《たもと》につけられた。

「与茂七、舟を洗っておけ」

先に雁木《がんぎ》に下りた伝次郎は与茂七に命じた。

「へっ、稽古はどうするんです？」

「船頭というのは、絶えず自分の舟をきれいにしておくものだ。稽古はそれが終わってからだ」

伝次郎はそのまま川口町《かわぐちちょう》の自宅屋敷に戻った。

「ただいま帰った」

玄関に入り、大小を抜いて奥の台所に立っていた千草《ちぐさ》に声をかけた。

「ずいぶん遠出したのですね」

言葉を返す千草は濯《すす》ぎの支度にかかったが、伝次郎は足は汚れていないと断り、

「与茂七がもう少し上《かみ》に行きたいと言うのだ。まあ、いまは暇なときであるから、好きにさせてやった。結句《けっく》、山谷堀《さんやぼり》まで行って、帰りは大横川《おおよこがわ》に入って戻ってきた」

「それじゃ与茂七は疲れているんじゃや……」

「なに、あやつはまだ若い。これから稽古をつけてやると言ったら、目を輝かせて喜んでおる」

「それにしても、ずいぶん舟好きになりましたね」

伝次郎が居間に移ると、千草が茶を淹《い》れてくれた。

「やつも先のことを考えているようだ。いつまでもここに居候《いそうろう》はできぬだろうし、おれの助《すけ》ばたらきもいつまでできるかわからぬからな」

「たしかにおっしゃるとおりでしょうが……」

千草はそう言って少しうつむいた。光の加減か瓜実顔《うりざね》に影が差したように見えた。

「いかがした」

「はい、わたしもそのことは考えているのです。あなたの仕事がいつまでつづくのだろうかと。もし、お奉行が御番所《ごばんしょ》をおやめになったら、あなたはどうされるのだろうかと……」

「言っておるだろう。そのときはまた船頭に戻ってもよいと」

伝次郎は口の端に笑みを浮かべて茶に口をつけた。

「でも、船頭仕事は力仕事です。若いうちはいいでしょうけど、そろそろお歳《とし》のことを考えてもらわないと」

「まだ心配する歳ではなかろう。考えすぎるのもほどほどにしておかぬと」

千草はひょいと首をすくめて、そうですねと小さく微笑《ほほえ》んだ。三十路《みそじ》を過ぎて少ししわが目立ってきたが、身体の崩れはない。それに肌のつやも出会った頃と変わらない。

「では、わたしはそろそろ店の仕入れに出かけますので、夜は好きにしてください。温めるだけでいいように鍋に煮物を作っておきました」

「いつも相すまぬ」

しばらくして千草は買い物籠《かご》を提《さ》げて出かけていった。

彼女は本八丁堀《ほんはっちょうぼり》に「桜川《さくらがわ》」という小料理屋を営んでいる。与茂七という居候はできたが、そもそもは二人暮らしなので暇を持て余していた千草の提案で出した店だった。

以前は深川《ふかがわ》で一膳飯屋《いちぜんめしや》を営んでいたので、千草にはやりやすい商売なのだ。

「たしかにそうだな……」

ひとりになった伝次郎は湯呑みを持ったまま、開け放してある縁側の先にある庭に視線を向けた。

千草の心配はわからなくもない。伝次郎は内与力並《うちよりきなみ》という扱いで町奉行所の仕事を請け負っているが、それはあくまでも筒井奉行の家来という形である。内与力は世襲《せしゅう》ではなく、奉行が他の役職に移ればいっしょについて行く。

よって筒井が町奉行を辞任すれば、伝次郎も任を解かれてしまう。千草は伝次郎の歳を気にしたが、おそらく筒井奉行の年齢を考えて言ったのだと、伝次郎にはわかった。

筒井は還暦《かんれき》を過ぎている。いつまでもいまの役職についていられる年齢ではない。

ややもすれば、あと一、二年で辞任ということもある。

そうなったとき、どういう身の振り方をすればよいか、伝次郎ははっきりした考えを固めていない。千草には船頭仕事に戻ると言ってはいるが、たしかに体力が勝負だ。

「どうしたものか……」

伝次郎は声を漏らして苦笑した。

「旦那、舟を洗ってきましたよ」

玄関から与茂七の元気な声が聞こえてきて、すぐに土間先にあらわれた。

「稽古をつけてください。その約束ですよ」

与茂七はやる気がある。

「よし、竹刀《しない》を持って庭に来い」

伝次郎はそう言って腰を上げた。

三

稽古を終え、ひと風呂浴びたあとで伝次郎は千草の作り置きの煮物で、与茂七と

晩酌をはじめたが、

「旦那、おれは何だか疲れちまいました。先に横になっていいですか」

と、与茂七は一合の酒も飲まないうちにそんなことを言った。たしかに疲れている顔である。無理もない、今日は舟で遠出をし、帰ってきたらたっぷり剣術の稽古をつけてやった。

竹刀の振り方や形《かた》も次第に様《さま》になってきたので、伝次郎はこれはものになるかもしれぬと思い、普段以上の稽古をつけたが、それが応《こた》えたのかもしれない。

「かまわぬさ。今夜はたっぷり身体を休めたほうがよい」

「すみません。それじゃお先に」

与茂七はのそのそした足取りで自分の寝間に消えた。普段なら、伝次郎がその辺でやめておけと言うまで飲むくせに、よほど疲れているようだ。

伝次郎はそのまま独酌をした。表からすだく虫たちの声が聞こえてくる。静かな夜である。暮れ六つ（午後六時）の鐘《かね》を聞いて半刻《はんとき》（約一時間）はたっているだろうか。

空には星々が散り、下弦《かげん》の月が浮かんでいた。

独《ひと》り酒を楽しむ伝次郎は、昼間千草に言われたことをぼんやりと考えた。

(たしかに向後《こうご》のことを考えねばならぬな)

と、胸中でつぶやく。

自分と千草のこともあるが、まだ若い与茂七のことも考えてやらなければならないし、自分の手先となって助をしてくれる粂吉《くめきち》のこともある。

「さて、どうしたものか……」

小さくつぶやいて宙の一点を見たとき、表から近づいてくる足音が聞こえ、ついで玄関が小さくたたかれ、「ごめんください」という声があった。

「沢村様、いらっしゃいますでしょうか?」

もう一度言葉が足されたので、伝次郎は立ち上がりながら返事をして玄関に向かった。戸を引き開けると、奉行所の中間《ちゅうげん》だった。それも筒井に仕える者だ。

「夜分に失礼いたします。お奉行様からの言付けを預かってまいりました」

「なんであろうか?」

「明日の八つ(午後二時)過ぎに御番所のほうに、おいでいただきたいとのことでございます」

用件を聞きたいが、おそらく聞いても無駄であろう。筒井が中間に大事な用向きを伝えることは滅多にない。だから、

「うむ。承知した」

と、短く答えた。

使いの中間は、しかとお伝えしましたのでよろしくお願いいたしますと、丁寧に辞儀をすると、そのまま帰っていった。

伝次郎は居間に戻って座り直し、ぐい呑みをつかんだが、

「はて、どんな用件であろうか……」

と、独り言をつぶやいた。


翌朝、伝次郎は庭でかけ声を出しながら素振りをやっている与茂七の声で目を覚ました。

「あやつ……」

半身を起こし、目をこすった伝次郎は口許《くちもと》をゆるめた。与茂七はひと晩ぐっすり寝て昨日の疲れは取れたようだ。さすが若い、と伝次郎は思う。

「朝から張り切っておるな」

縁側に立って声をかけると、与茂七が素振りをやめて、元気よく挨拶《あいさつ》をしてきた。

「だって旦那が、昨日言ったじゃないですか。大分《だいぶ》様になってきたと」

「うむ」

「もっともっと様にならなきゃならないと思ってんです」

にこやかに言う与茂七は、額とはだけた胸に汗を光らせていた。

「やる気があるのはよいことだ。それにしても、今日もよい天気だな」

伝次郎はすっきり晴れている空を見て言った。

「それじゃ今日も猪牙で遠出しますか」

「そうしたいところだがお奉行に呼ばれておる。御番所にはおまえにもついてきてもらうからそのつもりでいろ」

伝次郎がそう言ったとき、台所から千草の声がした。

「朝餉《あさげ》の支度ができていますから、いつでもあがってください」

「与茂七、汗をぬぐって飯だ」

伝次郎が洗面を終えて朝餉の膳につくと、

「旦那、お奉行に呼ばれたっていつ呼ばれたんです？」

と、与茂七が箸をつかんで聞いてきた。

「おまえが寝たあとだ。御番所から使いが来たのだ」

「へえ、そうでしたか」

「昨夜《ゆうべ》はずいぶん気持ちよさそうな鼾《いびき》をかいていたわよ」

千草が与茂七を見て言う。

「へえ、おれが鼾を……」

「そうよ。盛大な鼾だったわ」

千草はそう言ってくすっと笑い、湯気の立つ味噌汁を与茂七にわたし、

「またお役目のお指図でしょうか」

と、伝次郎を見た。

「おそらく」

伝次郎はそう応じて飯を頬張った。千草は視線を膝許に向け顔を曇らせた。自分の身を案じてくれているのだと、伝次郎にはわかる。

その気持ちを代弁したのは与茂七だった。

「おかみさん、心配いりませんよ。旦那はどんな悪党でもたたき伏せる人です。旦那にかなうやつなんかいないんだから。ねえ、旦那」

与茂七はにっこり微笑んで、がつがつと飯を頬張った。

伝次郎と千草はそれを見て苦笑した。

四

町奉行は毎日登城し、老中《ろうじゅう》や大老《たいろう》、あるいは他の重臣《じゅうしん》らと面談し、諸用をすませなければならない。吟味《ぎんみ》中の案件の報告や、新たな指図を受けたりとなかなか忙しい。

諸用をすませて町奉行所に戻るのは、おおむね八つ頃であるが、その日、筒井は早く下城したらしく、伝次郎が奉行所を訪ねると、

「次之間《つぎのま》にてお奉行がお待ちでございます」

と、内玄関に詰めている見習い同心に告げられた。

内玄関を入ってすぐの間が用部屋《ようべや》になっているが、その隣に次之間があった。

伝次郎は廊下に跪《ひざまず》いて、

「沢村伝次郎、参上つかまつりました」

と、声をかけた。すぐに入れと筒井の声。

伝次郎は次之間に入ると頭《こうべ》を垂れて、筒井の近くまで膝行《しっこう》した。

「もそっとこれへ」

促されてさらに近づき、わずかに顔を上げた。いつもなら筒井は人を包み込む笑みを浮かべているが、その日は深刻な顔つきであった。

「沢村、わしはしくじりをしでかしたかもしれぬ」

筒井は開口一番に言った。

伝次郎は目をみはって筒井を見た。福々しい温厚な顔に苦渋の色があった。

「十日ほど前、半蔵《はんぞう》という男を裁いた。市中引き廻《まわ》しのうえ獄門《ごくもん》である。なれど、その裁きは早かったかもしれぬ」

「と、おっしゃいますのは……？」

「うむ、半蔵という男は、火事場見廻役の秋月市右衛門《あきづきいちえもん》殿の屋敷にて奉公していた下男であるが、その半蔵が秋月殿の二人のお倅《せがれ》を殺害した。その証拠も証言もあり、半蔵の犯した罪は許せるものではなかった。ところが裁きを終えてしばらくのち、訴状が届いた。それは嘆願書と呼ぶべきものだ。評定所のほうではこの訴状を処分するつもりだったが、内容を読んだ評定所の知人が一度目を通してくれと寄越してきた」

これがそれだと言って、筒井は一通の訴状を伝次郎にわたした。

訴人は二人だった。秋月市右衛門屋敷に女中奉公しているたきという女と、武家奉公をしていた安川鶴《やすかわつる》という女だった。

伝次郎はじっくり目を通していった。たしかにこれはいわゆる訴状ではなく、半蔵を助けるための嘆願書と読めた。半蔵の仕業《しわざ》ではないとしきりに弁護している。

「もし、この半蔵の無実が判明いたさば、お奉行はいかがされるご所存でございましょう」

伝次郎は訴状をたたみ直して筒井に返した。

「裁きを覆《くつがえ》すことは難しい。なれど、もしこの訴状にあることが真《まこと》であるならば、考えなければならぬ。場合によっては再吟味することになるやもしれぬ」

筒井の顔は苦渋に満ちていた。

「配下の与力・同心にこの一件を調べ直させるわけにはいかぬ」

それは筒井の失態を曝《さら》すことになるかもしれないからだ。

「頼みは沢村、そなただけだ」

伝次郎は表情を引き締めた。

「お奉行、その半蔵という男のことをもう少し教えてくださりませぬか」

伝次郎に請《こ》われた筒井は、短い間を置いて詳しい話をした。

大略は以下のようなことだった。

半蔵は下総《しもうさ》の百姓の子として生まれたが、家督の継げぬ末っ子だったので、十八のときに村を離れ江戸に出てきて荷物運びや車力《しゃりき》などの力仕事を転々としていたが、二年ほど前、秋月市右衛門宅に下男として奉公するようになった。

雇われた半蔵は庭仕事や風呂焚きなどの雑用をこなしていたが、とくに目立った問題もなく、また殺された数馬《かずま》と佑馬《ゆうま》兄弟の面倒も見ていた。

事件が起きたのはこの夏の夕暮れで、屋敷から突然数馬と佑馬の姿が消え、一家総出で捜しに出た。雨と風の強い日で捜索は難航したが、騒ぎから小半刻《こはんとき》（約三十分）ほどたった頃、二人の兄弟を抱いている半蔵を見つけた。

そのとき、数馬と佑馬は息をしていなかった。殺されたのである。死因は絞殺であった。

二人の子の父である市右衛門は、半蔵を捕縛《ほばく》すると同時にこの一件を町奉行所に委《ゆだ》ね、厳しい裁きを請願した。

「調べでは、秋月殿の二人の子を殺したのが、半蔵だとする揺るぎない証拠が揃《そろ》った。半蔵の仕業だとする判決には疑義を挟む余地もなかった。ところが、勝負の決まった相撲に物言いをつけられた按配《あんばい》である」

ひととおりのことを話し終えた筒井は、ふうと嘆息《たんそく》をし、伝次郎をあらため見た。

「わしの話だけではまだよくわからぬだろうが、嘆願書と呼ぶべきこの訴状を読んだからには、知らぬ顔をして打っちゃっておくわけにはまいらぬ。いや、そうしてもよいのだが、どうにも夢見が悪いのだ。沢村、ひとはたらきしてくれぬか」

「お指図とあらば、早速にも動きたいと思いまするが、この一件の調べをした者は誰でございましょう」

「定町廻《じょうまちまわ》りの林六之助《はやしろくのすけ》だ。会って話を聞くか?」

「差し支えなければそうしたいと思います」

筒井は視線を短く彷徨《さまよ》わせて考えた。

場合によっては林六之助の調べを覆すことになるからだ。

伝次郎は林六之助という同心《どうしん》は知らない。おそらく新しい同心だろう。

「承知した。林にはわしから一度話をすることにいたす。そのあとで会ったほうが無難であろう」

筒井は伝次郎の調べを慮《おもんぱか》った。

調べの終わった事件をほじくり返せば、苦情が出るのは必定《ひつじょう》。筒井はそれを避けるために火消し役になるのだ。

「承知いたしました」

「それからこの訴状はそなたに預けておく」

筒井はそう言って、訴状を伝次郎にわたした。

受け取った伝次郎はそのまま次之間を出、表で待っていた与茂七にすぐさま用を言いつけた。

「お役目を頂戴《ちょうだい》したが、少し面倒な調べになるやもしれぬ」

「難しい調べですか？」

「それはこれからのことだが、粂吉を呼んできてくれ。おれは猪牙で待っている」

五

伝次郎の猪牙舟はいつもの場所、亀島川《かめじま》の袂に繋《つな》いである。昨日、与茂七が掃除をしたので舟はきれいだ。

伝次郎は羽織を脱ぎ、舟梁《ふなばり》に腰掛けて筒井から預かった訴状をもう一度読み返した。

差出人は安川鶴とたきという女二人だ。どちらが書いたのかわからないが、その内容は半蔵の無実を訴えるものだった。筒井が言うように「嘆願書」と考えてよかった。

訴状には半蔵の無実を切々と訴えてあるが、無実であるという確たる根拠は書かれていない。安川鶴とたきという二人の女の、半蔵に対する哀憐《あいれん》と受け取れる。

親兄弟からの助命嘆願ならわかるが、鶴とたきは半蔵の身内ではない。同じ秋月家に奉公している者だ。

しかし、筒井奉行はその文面の奥に、誰も知らない「真実」が隠されていると、感じ取ったのかもしれない。

一度読み終えた伝次郎はふうと息を吐き、空を仰いだ。鳶が気持ちよさそうに舞っている。

「半蔵が無実なら、真《しん》の下手人《げしゅにん》がいるということか……」

つぶやきを漏らし、再度、訴状に目をやった。

どこから調べをはじめるか考えなければならない。やはり、この二人からかと、差出人の二人の名前を見つめる。

聞き調べをしなければならない相手は多い。秋月市右衛門とその身内、秋月家の使用人、調べにあたった林六之助、そしていまや刑の執行を待つ囚人の半蔵。

調べを進めるうちに、他にもあたらなければならない者が出てくるだろう。

あれこれ考えていると、橋の上から与茂七が声をかけてきた。顔を振り向けると条吉の姿もある。

「こっちへ来い」

伝次郎が言うと、二人は身軽に雁木を下りて舟に乗り込んできた。

「何の調べでございます？」

挨拶をしたあとで、粂吉が顔を向けてきた。

「半蔵という男がいる。いまは小伝馬町《こでんまちょう》の牢《ろう》に入っている囚人だ。市中引き廻しのうえ獄門《ごくもん》が決まっている。お奉行はさように裁かれたが、嘆願書が御番所に届けられた」

「嘆願書……」

「さよう。半蔵という罪人は、殺しはしていない。助けてくれというものだ」

「いったい誰を殺したんです？」

「火事場見廻役の秋月市右衛門様の嫡男《ちゃくなん》と次男殺しだ。半蔵は秋月様の屋敷に雇われていた男だった。しかし、半蔵はその二人のお倅を殺すような男ではない、半蔵に殺しはできない、何かの間違いだと嘆願書の差出人は訴えている」

「でも、裁かれた男なんでしょう」

与茂七だった。艫板《ともいた》に腰をおろして棹《さお》をつかんでいる。

「さよう。一度裁かれた者の罪を覆すことはまずない。さりながらお奉行は、この訴状に偽りはないのではないかとお考えになった」

「それで半蔵の仕業でないとわかったらどうなるんです？」

「わからぬ。ただ、お奉行は再吟味になるかもしれぬとおっしゃった」

「では、半蔵は咎《とが》なしとなり放免《ほうめん》されるということですか」

条吉が目をしばたたく。

「もし、この訴状のとおりであればそうなるやもしれぬ」

「じゃあ、他に下手人がいるってことですか……」

与茂七は腕を組んでうなる。

「半蔵に会うのが先か、この訴状の差出人に会うのが先か、いまそれを思案していたところだ。だが、まずは半蔵に咎はないという差出人に会おう。与茂七、舟を出せ」

「へい！」

待ってましたとばかりに与茂七は顔を輝かせた。

「どういう経緯《いきさつ》で、秋月様のお倅が殺されたかはおいおい話す。与茂七、行き先は神田川《かんだがわ》の新《あたらし》シ橋だ」

「へい、承知」

与茂七は猪牙舟を操るのが好きになっている。手早く襷をかけて舫《もや》いをほどくなり、岸壁を棹で突いて猪牙舟を進めた。

伝次郎は筒井から聞いた話を粂吉と与茂七に話した。細かいことはわからないので、話し終えたのは、猪牙舟が箱崎川《はこざきがわ》を抜け大川《おおかわ》に入ったときだった。

「半蔵の仕業だとする証拠《あかし》も証言も揃っているのですね」

話を聞いた粂吉が真っ直ぐな目を伝次郎に向けた。

「お奉行はそうおっしゃった。もし、半蔵が無実なら調べに手抜かりがあったことになる」

「受け持ったのはどなたなんです？」

「林六之助という定町廻りだ」

「林様……知らない人ですね」

粂吉も心あたりがないようだ。粂吉はいまは亡き酒井彦九郎《さかいひこくろう》の小者《こもの》を務めていたから、外廻りの同心の顔はよく知っている。酒井彦九郎は伝次郎の先輩同心でもあった。

「旦那、半蔵がそのお倅を殺したのはいつです？」

与茂七が櫓《ろ》を漕ぎながら聞いてくる。

「この夏のことだ。とにかく詳しいことはこれからわかるだろう」

伝次郎は川の上流に目を向けた。丁度新大橋の下をくぐるところだった。

大川は今日も穏やかである。水が豊かなのは満潮だからだ。与茂七は櫓を一心に漕ぎつづけている。

猪牙舟は船底が狭くなっているので左右に揺れやすいが、その分推進力がある。

与茂七がぐいぐいと漕ぐたびに、猪牙はすーすーっと流れに逆らいながらも前に進む。

「与茂七、いい調子だ。よいぞ」

伝次郎が褒《ほ》めてやると、与茂七は「えへへ」と、得意そうに笑う。

「あいつうまくなりましたね」

粂吉も与茂七を見て言った。

「いずれ船頭仕事をやってもいいように教えているんだ」

「やつはその気ですか……？」

粂吉は目をしばたたく。

「船頭になるかどうかはわからぬが、猪牙を気に入っているのはたしかだ」

そんな話をしているうちに、猪牙舟は大川から神田川に入った。伝次郎は新シ橋の袂に舟をつけるように与茂七に指図した。

舟がゆっくり河岸場《かしば》につけられると、

「まずは安川鶴殿に会って話を聞く」

伝次郎は羽織をつけ、大小を手にして猪牙舟を下りた。

六

安川鶴の住まいは、向柳原《むこうやなぎわら》の少し先にある御徒組大縄地《おかちぐみおおなわち》にあった。父親が徒組の組衆なのだ。大縄地はどこも同じような敷地で似たような建物である。門札などないので、どこが安川家なのかわからない。

丁度門から出てきた組衆のお内儀《ないぎ》らしい女が出てきたので、声をかけて安川鶴の家がどこであるか訊《たず》ねた。

「それでしたらこの三軒先がそうです」

お内儀は丁寧に教えてくれ、軽く頭を下げるとそのまま歩き去った。

伝次郎は粂吉と与茂七を表に待たせて、安川家を訪ねた。玄関の戸は開け放されていたので、そのまま声をかけると、すぐに返事があり、若い女が出てきた。

「南御番所の沢村伝次郎と申します」

伝次郎が名乗ったとたん、女の目が驚きに見開かれ、

「もしや半蔵さんのことでございましょうか？」

と、問い返してきた。

「鶴殿ですか？」

「さようです」

「目安箱に、訴状を出されましたね。そのことで伺いたいことがあるのです」

「どうぞお入りになってください」

伝次郎は三和土《たたき》から上がったすぐの座敷に通された。質素な住まいで掃除が行き届いていた。

鶴は父親は勤めに出ていて、母親は出かけていると断り、急いで茶を淹れてくれた。色白で細眉の下にある目が澄んでいる。なかなかの器量よしだ。

「わたしは秋月の殿様の家に奉公にあがっていました。行儀作法を習うためでした」

鶴はきらきらした目を伝次郎に向けて話す。要するに花嫁修業のために奉公に上がっていたのだ。

「秋月様のご子息が殺された件ですが、鶴殿は半蔵の仕業ではないとおっしゃっていますね。それは確たる証《あかし》あってのことでしょうか？」

伝次郎は筒井から預かった訴状を見せて問うた。

「たしかなと問われれば、たしかだとは言えません。でも、半蔵さんがあんなことをすることが信じられないのです。半蔵さんは亡くなった数馬様と佑馬様と親しくしていたし、数馬様も佑馬様も、半蔵さんによく懐《なつ》いていたのです。半蔵さんがあの二人を手にかけることなど考えられません」

「そのことを半蔵が捕縛されるときにはおっしゃらなかった」

伝次郎は鶴を見て問う。

「あの人が召し捕られたときに、わたしはそばにいなかったのです。半蔵さんがいなくなった二人を殺したと聞かされたのは、あの日の晩のことでしたから」

「二人のご子息が殺されたのは、この夏六月十八日でしたね。そのときのことを詳しく教えていただけませぬか」

伝次郎はそう言って湯呑みをつかんで口をつけた。鶴は短い間を置き、どこか遠くを見るような目をしてから話しはじめた。

「あの日は、朝からひどい雨でした」

鶴はその日、秋月市右衛門宅の奥座敷で、市右衛門の妻・美佐《みさ》と浴衣《ゆかた》を縫っていた。よく雨が降りますねと、美佐が縫い物の手を休めて表を眺めれば、

「ええ、ほんとうに」

と、鶴は答えて、縁側の向こうを眺めた。

雨はやむことを知らず、庭の木々を濡《ぬ》らし、地面に水溜《みずた》まりを作っていた。さらに強い風が吹きはじめた。

七つ（午後四時）を過ぎたばかりなので、天気がよければ明るいのだが、あいにくの雨で表も座敷も暗くなっていた。

手許が狂ってはいけないので、縫い物をしている座敷には行灯を点《とも》してあった。

「おらぬ、どこにおるのだ」

突然、座敷前に主《あるじ》の市右衛門があらわれ、

「数馬と佑馬を見なかったか？」

と、言葉を重ねた。

「さっき台所のほうで見ましたけれど、自分の部屋にいるのではありませんか」

妻の美佐が手を止めて応じた。

「それがおらんのだ。おかしいな」

市右衛門はそう言って立ち去ったが、しばらくして、

「どこにもおらぬ。もしや、川を見に行ったのかもしれぬ。捜せ、捜すんだ！」

と、慌《あわ》てた声がした。

鶴と美佐が何事かと思い、縁側に立っていくと、家士《かし》や下男などが押《お》っ取《と》り刀《がたな》で門を出て行くのが見えた。

「わたし、家のなかを捜してみます。お坊ちゃまたちは悪戯《いたずら》が好きですから、どこかに隠れているのかもしれません」

鶴はそう言って座敷を出て数馬と佑馬の部屋を見に行ったが、二人の姿はなかっ

た。念のために奥座敷や市右衛門の使う書院、そして若党《わかとう》や中間にあてがわれた部屋、さらに門長屋にある家士の部屋と下男の部屋もたしかめたが、やはり二人はいなかった。

そこで考えて厩《うまや》と蔵も見に行ったが、二人が隠れている様子はなかった。

「奥様、ほんとうにお坊ちゃまたちはいません」

美佐のいる座敷に戻って伝えると、

「あの子たち、もしや水の溢《あふ》れた川を見に行ったのかもしれませぬ。そうであれば心配だわ」

美佐はそう言って立ち上がると、仔細《しさい》に庭を眺め、自分の寝間に行ってすぐに戻ってきた。

「ほんとうにいないわ。川に行ったのなら危ないわ」

美佐は心配げな顔を鶴に向けた。

「わたしも捜しに行ってきます」

「気をつけて行くのですよ」

美佐の声を背に受けながら鶴は玄関に急いだ。そのとき屋敷には美佐を残して誰もいなかった。もし、数馬と佑馬が川を見に行っているなら危ない。強い雨で近くを流れる大横川も竪川《たてかわ》も増水しているはずだ。

毎年、洪水になると川に流される人がいる。まさかそんなことはないと思いながらも、鶴はいやな胸騒ぎを覚えた。

大横川の河岸道に行ったが、人の姿はなかった。

案《あん》の定《じょう》、川は増水し濁流となっていた。河岸場に舫ってある舟が、波に揺さぶられながら隣の舟とぶつかり合っていた。

雨だけでなく風も強く、差している傘はあっという間に用をなさなくなった。

鶴は裾《すそ》をからげ用をなさない傘を差しながら大横川沿いに南へ歩いた。屋敷から出て行った人の姿ばかりでなく、表を歩いている人の姿もなかった。

あたりはすでに暗くなっており、万が一水に流されていたら見つけられないかもしれない。ひとりで薄暗い雨風のなかを歩いているうちに、鶴は心細くなり、同時に胸の鼓動を速くしていた。

歩きながら河岸道を眺め、そして川のなかにも注意の目を向けた。猿江《さるえ》橋近くまで行ったが、数馬と佑馬はおろか主の市右衛門にも、他の奉公人たちにも出会わなかった。

引き返してしばらく行ったとき、先のほうに幾人かの人影が見えた。近づいていくと、みんなそこへ集まっていた。南辻《みなみつじ》橋から一町（約一〇九メートル）ほど南の菊川町《きくかわちょう》河岸だった。

叫びとも泣き声ともつかない声が聞こえてきた。それに怒鳴り声が重なった。

「来てはならぬ、来てはなりませぬ」

両手を広げて通せんぼするように、鶴を制止したのは、屋敷雇いの若党だった。

「お坊ちゃまは見つかったのですか？」

鶴は雨に濡れた顔で聞いたが、若党は屋敷に戻れと怒鳴るように言った。

「見てはならぬ」

と、言葉を足した。

そう言われると余計に見たくなるのが人間の性《さが》で、鶴は若党の肩越しに河岸場のほうに目を向けた。そこには半蔵が背中を向けて座っており、二人の子供を抱きかかえるようにしていた。

「ええい、寄越せ、寄越さぬか」

怒鳴り声を上げてひとりの男が半蔵の頰桁《ほおげた》を殴りつけた。殴ったのは浅利長九郎《あさりちょうくろう》という家士だった。そして、主の市右衛門がしゃがんで、数馬と佑馬を抱き寄せるのが見えた。

「屋敷に戻れ、戻るのだ！」

再度怒鳴られた鶴は、しぶしぶと屋敷に引き返した。

「そのとき、わたしはまさか数馬様と佑馬様が亡くなっているとは思いもいたしませんでした」

鶴はそう言って、しばらく黙り込み膝に置いていた手をにぎり締め、唇を嚙《か》むように引き結んだ。

「だが、数馬殿と佑馬殿は亡くなっていた」

「はい、首を絞められて息絶えていたそうです。そう聞かされたのは皆様が戻ってこられてからでした」

「首を絞めたのは半蔵だった」

「そういう話でした。でも、捜しに出ていた女中のおたきさんは、半蔵さんは川に浮かんでいる二人を見つけて引き上げただけだと言いました」

「おたきはそのことを見ていたのだろうか……？」

「半蔵さんが二人を抱えて、川から上がってくるのを見たと言いました。半蔵さんが二人を殺す事由《じゆう》などないのです。でも、そのときは半蔵さんが二人を絞め殺して川に流したということになりました」

「半蔵の身柄は御番所に預けられたのだが、そのときは番屋に押し込まれたのだろうか？」

「さようです。殿様が人殺しを屋敷に入れるわけにはいかないとおっしゃったのです」

「二人のご子息が戻ってきたのはいつです？」

「ずいぶん遅くなってからでした。町方の調べがあったので遅くなったらしいのです。あ、お茶を……」

鶴は空になった湯呑みに気づき、茶を淹れ替えに台所へ行った。

伝次郎は畳の目を数えるように膝許を見て考えた。もっと詳しいことが知りたい。

待つほどもなく鶴は差し替えた茶を持って戻ってきた。

七

「半蔵は自分が二人を殺したことを認めたのですね」

伝次郎は茶を差し出す鶴を眺めながら聞いた。

「おそらくそうだと思います。でも、わたしは信じられないのです。半蔵さんは口下手でおとなしくて、虫も殺せないような人です。それにお坊ちゃまたちを可愛がっておられたし、お坊ちゃまたちも『半蔵、半蔵』と呼んで慕《した》っていました。半蔵さんに二人を殺す動機なんて何もないはずなのです」

鶴は澄んだ瞳を向けて言う。

「二人のお倅は首を絞められて殺されたのでしたね」

「そう聞いています」

「何で絞められたんです？　手ですか？」

「紐《ひも》のようなものと聞いています。縄だったのかもしれませんが、その辺のことはわたくしにはよくわかりません」

「そなたは半蔵の仕業ではないとおっしゃるが、その根拠はなんです？」

「……それは」

鶴は一度うつむいて言葉を切り、ゆっくり顔を上げた。

「とても信じられないからです」

「訴状には真の下手人は他にいる、半蔵ではないと書いてありましたが……」

「それは、おたきさんが強くおっしゃるから書いたのです。わたしもそうだと思いますし、いまも思っています。その訴状はわたしが書いたのですけれど、おたきさんの思いを強く込めました」

「おたきというのは秋月家の女中ですね。いまも屋敷にいますか？」

「あの人は通い女中で、いまも勤めています。わたしは七月までのご奉公だと前々から約束してあったので、ここに帰ってきましたが……」

鶴の話を聞くかぎり、半蔵の仕業でないというものはない。単なる半蔵への身贔《みびい》屓《き》と受け取れる。

「おたきの住まいをご存じですか？」

訴状にはおたきの住まいは書かれていなかった。

「本所花町《ほんじょはなまち》の喜八店《きはちだな》です。花町に行けばすぐにわかると思います」

伝次郎はひとまず切り上げることにした。鶴の弁から半蔵が無実だという強力な言質《げんち》は取れない。

「話はわかりましたが、またお伺いするかもしれません」

「ええ、いつでもいらしてください。何か思い出すことがあるかもしれませんので」

伝次郎はそのまま鶴の家を出た。

「何かわかりましたか?」

粂吉が聞いてきたが、伝次郎は首を横に振っただけで猪牙舟を舫ってある新シ橋のほうへ足を進めながら、鶴とやり取りしたことをざっと話した。

「それじゃ、半蔵の仕業でないというものは何もないじゃないですか」

話を聞いた与茂七が言った。

「たしかに何もなかったが、聞き調べはしなければならぬ」

「おたきに会うのですね」

粂吉が顔を向けてきた。伝次郎はうなずいて、足を速めた。

晴れていた空に、西のほうから鉛色の雲が迫《せ》り出してきた。伝次郎は雨が降るかもしれないと思った。

猪牙舟は与茂七にまかせている。伝次郎は流れる景色をぼんやり眺めながら、これから会えるかどうかわからない、おたきという女中のことを考えた。

おたきはいまも秋月家に奉公している。この刻限だと長屋にはいない公算が大きい。すると秋月家を訪ねなければならないが、どうしたものかと腕を組む。

相手は大身旗本《たいしんはたもと》である。それに火事場見廻役。同役は三千石以上の寄合《よりあい》から選任され、火消《ひけし》・使番《つかいばん》・寄合肝煎《きもいり》・持之頭《もちのかしら》などに転補《てんぽ》されることが多い。滅多に会って話せる相手ではない。

しかも、裁決された罪人の調べ直しである。秋月市右衛門にとっては決して快いことではない。

竪川に入ると、伝次郎は与茂七に大横川と交叉する手前の河岸地に舟をつけさせた。

河岸道に上がり、そのまま本所花町の自身番《じしんばん》を訪ね、喜八店の場所を聞いておたきの家へ行ったが、案の定留守であった。

「おかみ、ちょいと訊ねるが、おたきはいつも何刻頃戻ってくるかね」

その日の伝次郎は、ひと目で町方だとわかる身なりなので、声をかけられた長屋のおかみは表情をかたくした。

「だいたい六つ半（午後七時）頃です。おたきさんに何かあったんでしょうか？」

「いや、聞きたいことがあるだけだ。では、出直そう」

「旦那、秋月家を訪ねるんですか？」

与茂七が長屋を出てから聞いてきた。

「屋敷を訪ねるのはあとにしよう」

「では、どこへ？」

「牢屋敷だ。その前にさっきの番屋にもう一度行く」

本所花町の自身番に戻ると、六月十八日に秋月家の子息二人が殺された一件を訊ねた。書役《かきやく》も番人もそのことは知っていたが、

「調べは菊川町の橋番屋《はしばんや》でやったんで、手前どもはよくは知りません」

と、書役が竪川の対岸を見て言った。

伝次郎たちは三ツ目之橋《みつめのはし》をわたり、左に折れ、南辻橋の手前を右に曲がり、その

まま河岸道を歩いた。

橋番屋は大横川に架かる菊川橋の西詰にあった。

「よく覚えています。なにせ秋月様のお子さん二人が殺されたことですから……」

番人は近くにある髪結床《かみゆいどこ》の髪結いだった。橋番屋にはそんな者が詰めることが多い。

「あの日はひどい雨風だったんで、あっしは早々に家に戻って寝ていたんですが、たたき起こされましてね。それで、二人の子供を殺した半蔵という男が連れてこられたんです」

「おぬしはその調べに立ち会ったのか？」

「いえ、町方の旦那が来るまで表で待っていました。秋月のお殿様は相当お怒りで、そして殺された子供の顔を撫《な》でながらひどく嘆いておいででした」

「そのとき半蔵はどうしていた？」

「後ろ手に縛られ、土間に座らされていました」

「言いわけや抗弁はしなかったのか？」

「黙って座っていました。泣いていましたね」

「泣いていた？」

「へえ、おいおいと小さな声で肩をふるわせて泣いていました」

「町方は林六之助だったはずだが、その調べには立ち会っていないのだな」

「見てのとおり狭い番屋ですから、庇《ひさし》の下で待っていました」

自身番はおおむね九尺二間《くしやくにけん》だが、橋番屋はそれより小さく、居間は三畳の板張りである。それでも突棒《つくぼう》や刺股《さすまた》、早縄《はやなわ》、提灯《ちようちん》などは備えられている。

「取り調べの声は聞こえなかったか？」

「ひどい雨と風でしたから聞こえませんでした」

「半蔵は言いわけはしなかったと言ったが、そのことはどうだ？」

伝次郎は念押しをした。

「あっしが近くにいるときは泣いているだけでした」

伝次郎は菊次《きくじ》という橋番の名前を聞いて表に出た。そのときぽつりと頬にあたってきたものがあったので、空をあおぎ見た。雨が降り出したのだ。

「秋月様の屋敷をたしかめて牢屋敷へ行く」

伝次郎は足を急がせた。

第二章　疑念

一

雨は強くはならなかった。

伝次郎が牢屋敷の表門についたときには霧雨に変わっていた。

「その辺の茶屋で待っておれ」

伝次郎は粂吉と与茂七に言って、突棒を持った門番に自分のことを名乗り、用件を伝えた。相手が内与力でも門番はすぐには通してくれない。取次に行って戻ってくるまで伝次郎はその場で待たされた。

背後で差し入れ屋の声がしていた。表門の近くには、囚人への差し入れをあてこんだ商売屋がある。牢内への差し入れは許されているが、これを「届け物」と称していた。

取次に行っていた門番が戻ってきたのはすぐで、伝次郎はそのまま敷地内に入り、玄関に詰めている同心に、あらためて用件を伝えた。

当番の同心はすぐに鍵役《かぎやく》同心をそばに呼び、伝次郎を改番所《あらためばんしょ》へ案内させた。ここへ行くにはもう一度木戸門をくぐらなければならない。その門を入ると、目の前に囚人らが入れられている牢獄の建物がある。

あいにくの天気のせいか牢獄は暗くくすんでいる。

「いますぐに呼んでまいります」

鍵役同心は改番所に伝次郎を残して大牢《たいろう》へ歩いて行った。改番所は瓦《かわら》葺《ぶ》き平屋で、狭い土間があり三畳敷きの板の間だけで殺風景だ。

ここは火之番所《ひのばんしょ》とも言い、閻魔《えんま》堂と呼ばれもする。死罪の確定した囚人を牢内から引き出し、申しわたしを行う場でもある。

上がり口に座って待っていると、「さあこい、さあこい」という声が近づいてきて、鍵役同心を先頭に突棒を持った二人の牢屋下男《しもおとこ》がひとりの囚人を連れて来た。

それが半蔵だったのだが、伝次郎はその身体の大きさに目をみはった。

ゆうに六尺（約一八二センチ）を超える背丈に、両手両足は丸太のように太い。色黒の顔のなかに哀《かな》しそうな小さな目があった。毛が伸びたらしく総髪《そうはつ》を後ろで結わえていた。

「上がって、座れ」

鍵役同心に命じられた半蔵はのっそりと板の間に上がり、肩をすぼめて座った。伝次郎も雪駄《せった》を脱いで上がり、半蔵と向かい合った。

「半蔵だな。南町の沢村と申す」

「…………」

半蔵は小さく顎《あご》を引いた。両手は後ろ手に縛られている。

「おぬしの刑は決まっているが、あらためて訊ねたいことがある。おぬしは奉公していた秋月市右衛門様の嫡男・数馬様十歳と、ご次男の佑馬様八歳の首を絞めて殺《あや》めた。それに相違ないか」

半蔵は潤《うる》んだような目を伝次郎に向け、ぶ厚い唇を引き結び、子供がいやいやをするように小さくかぶりを振った。伝次郎は眉宇《びう》をひそめた。

「殺していないと言うか……」

それにも半蔵は同じようにかぶりを振った。

「秋月家にて奉公している女中のおたきと、同じく奉公にあがっていた安川鶴殿から目安箱に情願《じょうがん》があった。二人はおぬしの仕業ではない。おぬしは無実であると助命を求めている。おぬしは人を殺すような男ではない。まして親しくしていた二人のご子息を手にかけるなど考えられぬと」

「おたきさんが……お鶴様が……」

半蔵はしわがれた声を漏らした。

「手にかけておらぬなら、はっきり申すがよい」

「あ、あっしは死んでもいい」

伝次郎はぴくっと片眉を動かした。

「どうなのだ」

「あっしは死んだほうがいいんです」

「そんなことは聞いておらぬ。やったかやっておらぬかと聞いておるのだ」

半蔵は大きく息を吸って吐いた。そして、小さく首を振った。

「可哀想《かわいそう》に……可哀想に……死んでしまった」

伝次郎は眉間《みけん》にしわを寄せ、半蔵を凝視した。

「首を絞めて殺したのはおぬしだな、半蔵」

「あっしは……あっしは……助けたかった」

半蔵はかすれたような声を絞り出すと、両目に涙をため、

「……間に合わなかった」

とつぶやき、頰に涙の筋をつたわせた。

「どういうことだ？」

「間に合わなかった。あっしのせいだ」

半蔵は泣き濡れた顔をわずかに上げ、ため息をついた。

「おぬしがやったのだな」

半蔵は首を横に振った。

「おぬしの仕業ではなかったのか……」

それにも半蔵は首を横に振った。

伝次郎はくわっと目を見開き、半蔵を強くにらんだ。

これでは埒《らち》があかない。じれったくなるが、伝次郎は別の問いかけをした。しかしそれにも半蔵は首をかしげるか、曖昧《あいまい》に首を振るだけである。

「こやつ、いつもこうなのです。牢内でもはっきりものを言わぬのです」

立ち会っている鍵役同心が、半ばあきれ顔をして言った。

「喚《わめ》いたり暴れたりしないので何よりですが……」

「半蔵、やっておらぬならやっておらぬとはっきり言ってくれぬか」

伝次郎が念押しで聞いても、やはり半蔵は首を横に振るだけだった。こんな按配《あんばい》ならきりがない。伝次郎は訊問《じんもん》を打ちきることにした。

「もうよい。また改めて会うことにする」

伝次郎は鍵役同心を見て言った。

すぐに二人の牢屋下男が居間に上がり、半蔵を両脇からつかんで立たせ、牢内へ引っ立てた。

ほら早く歩け、もたもたするなと怒鳴りつける。半蔵はおとなしく従って大牢へ消えていった。伝次郎は黙って見送っていたが、半蔵の大きな背中には何とも言えぬ寂寥《せきりょう》感が漂っていた。

「あやつ、誰かを庇《かば》っているのか……」

伝次郎の勘だった。交わした言葉は少なかったが、半蔵は真の悪人には見えなかった。

二

おたきは秋月家での女中仕事から帰ってきたばかりだった。今日は薪割《まきわ》りをしたり、風呂を沸かしたりしたので少し疲れていた。

上がり框《かまち》に腰掛け「ふう」と、小さな吐息を吐いてから、居間に上がり行灯《あんどん》に火をともし、着替えにかかった。

九尺二間の長屋は狭いが、独り暮らしに不自由はなかった。それに通い仕事なので気が楽である。

夕餉《ゆうげ》の支度をしようと土間に下りたとき、腰高障子《こしだかしょうじ》に人の影が映り、声がかけられた。

「はい」

返事をして戸を開けると、ひと目で町方とわかる侍が立っていた。その背後にも二人の男がいた。

「何でございましょう」

「秋月家に雇われていた半蔵のことで訊ねたいことがある。わたしは南番所の沢村伝次郎と申す。邪魔をしてよいか？」

「あ、はい。かまいません。どうぞ」

町奉行所の役人が訪ねてきたということもあるが、半蔵のことだと知り、おたきは緊張した。

「どうぞ、お上がりください」

おたきは伝次郎に勧め、表にいる二人にも雨に濡れるのでなかに入ってくれと言った。

「この二人はわたしの助をしている者だ」

伝次郎はそう言って粂吉と与茂七を紹介した。

おたきは畏《かしこ》まって頭を下げ、すぐに茶を淹れると言ったが、伝次郎に気遣い無用だと断られたので、おとなしく腰を下ろした。

「そなたは安川鶴殿といっしょに訴状を作り目安箱に届けたな」

「はい」

おたきは咎めを受けるのかもしれないと思い、身を固くした。

「秋月家のお倅二人を殺した半蔵は無実であると」

「はい」

おたきは伝次郎を見た。

鼻梁《びりよう》の高い精悍《せいかん》な顔つきは、いかにも町奉行所の役人らしい。

「昼間半蔵に会って話をしたが、どうにも要領を得なかった。二人を殺めたか、殺めていないかと聞いても、曖昧にしか答えぬ。ま、それはともかく、そなたは何故《なにゆえ》、半蔵の助命を願う」

「それは、そんな人ではないからです」

「では、半蔵は二人を手にかけていないと申すか？」

「半蔵さんがやったなんて信じられません。あの人はほんとうにやさしい人なのです。お坊ちゃまたちとも仲良くなさっていましたし、お坊ちゃまたちも半蔵さんを慕っておいででした。ときどきお坊ちゃまたちはからかったりしましたが、本気で悪口を言っているのではないと半蔵さんは知っているので、いつもにこやかに笑って受け流していました。悪戯《いたずら》をされてもそうでした。半蔵さんは決して怒ったり、乱暴したりしないんです」

「子供にひどい悪戯をされたようなことは……？」

「そんなことはありません。悪戯と言っても面白半分のからかいでした。それにお坊ちゃまたちは困ったことがあると、半蔵さんを頼りにされていたのです。半蔵さんも快く応じられていましたし」

「そのことは訴状に書かれている。それに、安川鶴殿からも同じような話を聞いている。おれが知りたいのは、半蔵の仕業でなければ、誰が二人の子供を手にかけたかということだ。おたき、そなたは真の下手人を知っているのか？」

伝次郎は遮《さえぎ》ってそう言った。

「真の下手人……」

「心あたりがあるから半蔵の助命を願っているのではないのか」

「それは……」

おたきには誰が数馬と佑馬を殺したかはわからない。ただ、ぼんやりと思うことはあるが、それは口に出してはいけない気がする。

「それは、なんだ？」

「誰がお坊ちゃまたちを手にかけたか、それはわかりません」

伝次郎はふうと、小さな吐息を漏らし、家のなかをゆっくり眺めた。

「あの、茶を淹れます」

おたきは引き止められる前に逃げるように台所に立った。竈《かまど》に薪《まき》をくべ、鉄瓶をかけ、茶の用意をした。

その間、独り暮らしのようだが亭主はいないのか、子供はいないのか、あるいは秋月家に奉公して何年になると伝次郎は聞いてきた。

おたきは聞かれるままに答えた。大工だった亭主と死に別れたこと、子供を流行《はや》り病《やまい》で亡くしたこと、そして口入屋《くちいれや》を介して秋月家に奉公するようになったこと。奉公して五年ほどになるとも話した。

三人分の茶を淹れて差し出すと、

「二人のご子息が殺められた日のことだが、ひどい雨だったらしいな」

と、伝次郎が茶に口をつけてから言った。

「朝からひどい降りでした」

「数馬殿と佑馬殿が、そんな日に外に出たのに気づいた者はいたのか？」

「姿が見えないと騒がれましたのは、殿様でした。家中を捜してもいないとおっしゃって、それで騒ぎになり、みんなで手分けして捜すことになりました」

「そのときのことを詳しく教えてくれぬか」

おたきは一度視線を彷徨《さまよ》わせて、六月十八日のことを話しはじめた。

騒ぎになる前、おたきは夕餉の支度をしていた。竈に薪をくべ、野菜を切ったり、蔵から米や漬物を出したりと台所仕事に忙しかった。ときどき勝手口の戸を開けて雨の様子を見ては、よく降るとあきれもした。

「おたきさん、お坊ちゃまたちがいないって殿様が騒いでらっしゃるわ」

米を研ぎはじめたとき、薪を運んできた女中のおよねが言った。

「お坊ちゃまたちならさっき見ましたけどね。井戸のそばで雨蛙《あまがえる》を眺めておいでだったけど」

おたきは米蔵に行ったときに、数馬と佑馬が柿の木に張りついている雨蛙を捕まえようとしているのを見ていた。

「いつのこと？」

「小半刻前だったかしら」

「それがいないらしいのよ。厩や門長屋にもいないって……」

「それじゃ表に出られたのかしら。こんなひどい雨なのに、困りましたね」

そんな話をしていると、用人《ようにん》の桂川左衛門《かつらがわさえもん》が血相変えてやってきて、

「おまえたち、数馬様と佑馬様を見なかったか？」

と、聞いた。

「小半刻ほど前、井戸のそばで見ましたが……」

おたきが答えると、桂川は屋敷のどこにもいないと言って、

「表に出かけられたのかもしれぬ。おまえたちも捜すのを手伝うのだ」

そう命じて、玄関のほうへ行き、立ち止まって振り返り急げと言った。

おたきとおよねは顔を見合わせて、桂川のあとを追った。そのとき屋敷にいる家士や下男たちが門を出て行くのが見えた。

篠突《しのつ》く雨で傘は用をなさなかった。道にはいくつもの水溜まりができており、屋

敷を出て行った奉公人たちの姿は、雨に霞《かす》んでいた。みんなは「数馬様、佑馬様」と声を張って大横川沿いの道を捜し歩いた。

おたきは風で飛ばされないように傘をすぼめて、数馬と佑馬捜しをした。水嵩《みずかさ》の増した大横川は濁っており、板きれや木の葉や折れた木の枝などが波に揉《も》まれながら流れていた。

河岸道にはすでに奉公人たちが多くいるので、おたきは気を利かせて脇道に入った。そこは武家地で大小の武家屋敷があり、碁盤の目のように東西南北に道が走っている。

おたきは数馬と佑馬の名を呼びながら、竪川の河岸道へ出た。竪川も濁った水が波打ちながら流れ、河岸地に舫ってある舟がうねる濁流に翻弄《ほんろう》されていた。

秋月家には用人をはじめとして中小姓《ちゅうごしょう》や若党や中間・小者を兼ねる家侍、そして下男と女中などの奉公人が二十五人ほどいる。そのほぼ全員が篠突く雨の道で、数馬と佑馬捜しを必死に行っていた。他の人の姿はほとんど見あたらなかった。

おたきの草履《ぞうり》は水浸しで、着物も髪も雨で濡れていた。南辻橋まで行ったとき、何人かの奉公人が川のなかを指さしたり、腕を振り上げて何か喚いていた。

それは南辻橋から一町《ちょう》（約一〇九メートル）ほど南へ行った場所だった。

「あ、半蔵さん……」

おたきは川のなかでもがくように動いている半蔵を見た。両腕に子供を二人抱えていた。

「早く上がってこい」「こっちだ」「誰か縄か長い棒を持ってこい」などと、奉公人たちはいろんな声を張っていた。

半蔵はやっと河岸地につくと、川から上がって、その場に尻餅をつく恰好《かっこう》で座った。両腕に数馬と佑馬を抱えていた。

「てめえ、何をしてやがった！」

いきなり怒鳴り声を発して、半蔵に詰め寄ったのは浅利長九郎という家士だった。

半蔵は二人の子供を抱いたまま泣いていた。

「寄越せ、お坊ちゃまたちを寄越すんだ！」

長九郎はそう言いながら、半蔵の顔をしたたかに殴った。半蔵は長九郎に子供をわたそうとしなかった。だから長九郎はまた怒鳴って殴りつけ、子供を奪い取ろうとした。

「待て、待つのだ」

止めに入ったのは、主の市右衛門だった。半蔵のそばにしゃがんで、

「数馬と佑馬を……」

手を差し出すと、半蔵はそっと二人の子供をわたした。

とたん、市右衛門は悲痛な声を漏らし、

「数馬、佑馬、何故、何故……斯様《かよう》なことに……」

と、うめくような声を漏らして顔をゆがめた。

「殿様、お坊ちゃまたちは？」

用人の桂川左衛門が声をかけると、市右衛門はむなしそうに首を横に振り、数馬と佑馬の顔を撫でた。二人とも血の気がなく、息をしていないのは一目瞭然だった。

「半蔵、てめえがてめえが殺したのか？」

またもや長九郎が怒鳴って半蔵を殴り、足蹴《あしげ》にした。半蔵は何度も殴られ蹴られたが、哀しそうな顔で泣いているだけだった。

三

「殿様は息をしていない二人のお坊ちゃまを、すぐに屋敷に戻そうとはされませんでした。番屋に連れて行かれ、そこで御番所へ使いを出されました」

おたきはそう言って、そのときのことを思い出したのか、悔しそうに口を引き結んだ。

「そのとき半蔵はどうしたのだ」

伝次郎はおたきを見て聞いた。

「浅利様や他の人たちが縛りつけて、番屋に連れ込みました。わたしは番屋には入れなかったので、表で雨に濡れていました。しばらくして、ご用人の桂川様が、あとは自分たちでやるから屋敷に戻っていなさいと言われました。わたしは半蔵さんが、溺《おぼ》れたお坊ちゃまたちを助けに川に入ったのだと思っていました。でも、そのときは死んでいたんです」

「首を絞められていたらしいが、そのときわかったのか？」

「わたしは翌《あく》る朝に聞きました。てっきり川に落ちて溺れたのだと思い込んでいたので、聞いたときには驚きました」

「その下手人が半蔵だった」

「……そう聞かされましたけれど、すぐには信じられませんでした。まさかと思いました」

伝次郎は湯呑みをつかんで茶を飲んだ。

調べにあたったのは、林六之助である。やはり会って話を聞かなければならないと、伝次郎は考えた。

「ほんとうに可哀想なことに……」

おたきがつぶやきを漏らした。

伝次郎はしばらく宙の一点を凝視《ぎようし》して考えた。おたきの話からすれば、半蔵の仕業だとは決めつけられない。半蔵は川にはまった数馬と佑馬を助けただけかもしれない。

しかし、調べでは半蔵が殺したことになっている。

「その夜、半蔵は戻ってこなかったのだな」

「はい、ずいぶん遅くなって殿様が数馬様と佑馬様の亡骸《なきがら》を屋敷に運んでこられました。わたしやおよねさんはその手伝いで、ずっと屋敷にいました」

「二人のお倅がいつどうやって、屋敷を出て行ったかそれはわからぬか？」

おたきはわからないと首を振る。

「二人が殺されるようなことに何か気づいたことはないか？」

おたきは首をかしげて、ありませんと言う。

「屋敷には二十五人ほどの奉公人がいるのだったな。その奉公人たちはどこに住んでいる？　おそらく門長屋だと思うが……」

「雇いのお侍は主に長屋ですが、母屋に住んでいる方もいらっしゃいます。およねさんと、もうひとりお定《さだ》さんという女中は母屋の小部屋に住み込みですが……」

「家士はみんな年季奉公であるか？」

「さようです」

武家方に侍奉公する下級の使用人は、口入屋の斡旋《あっせん》で年季《ねんき》雇いや一季雇いがほとんどだ。これには中間や小者なども含まれる。

「件《くだん》の日に二人のお倅を捜しに行った者たちは、みな屋敷にいるのか？」

「年季明けでやめた人が三人だけいますが、あとはいらっしゃいます」

「安川鶴殿は、その一件があったあとでやめたのだったな」

「鶴様はそういう約束だったみたいです。でも、ときどきわたしとは会っています」

「それで、二人で相談して目安箱に訴状を届けた。そういうことであるか」

「はい。半蔵さんがお坊ちゃまたちを殺すなんてとても信じられないからです。半蔵さんは、川に落ちたお坊ちゃまたちを助けただけだと思うのです。いえ、きっとそうだと思います」

「半蔵が二人の子を抱えて岸に上がったとき、二人の子はすでに死んでいたのだな」

「わたしにはそう見えました」

「数馬殿と佑馬殿は誰にも知られずに屋敷を出られたようだが、何か気づくことはないか？　例えば勝手口が開いていたとか、誰かが表へ出て行くのを見たとか？」

「お二人が屋敷を出るのを見た人はいません。でも……」

おたきは言葉を切って口を結んだ。

「でも、何だね?」

「わたしはお二人が見つかったあと、およねさんと先に屋敷に戻りました。そのとき裏の勝手口を見に行ったら開いていたのです。閉まっているように見えたのですけれど、閂《かんぬき》が外れていたのに気づきました」

「勝手口はどこにある?」

「台所のそばには裏木戸がありますが、屋敷の北側にある長塀《ながべい》の途中に勝手口があるのです」

伝次郎はまた少し考えた。数馬と佑馬は表門からではなく、勝手口から出たのかもしれない。

「二人のお倅が勝手口から出たなら、台所にいたそなたは気づかなかったか?」

「ひどい雨風だったので、台所の戸は閉めていました。それに勝手口は二十間《けん》(約三六メートル)ほど離れたところにあります。だから気づかなかったと思います」

「二人が表門から出たとしたら、長屋に住んでいた誰かが気づいたのではないか……」

「気づいた人はいなかったようです」

「やはり強い雨と風のせいであろうか」

「それもあると思います」

「半蔵は殿様にお倅を捜せと命じられて、みんなといっしょに屋敷を出たのだろうか？　それともそのときには半蔵は屋敷にいなかったのだろうか？」

「いっしょに出ています。お定《さだ》さんが見ていたのです」

「お定というのは？」

「女中仕事をされていますが、腰元めいたこともされます。以前は乳母《うば》だったのです」

「お定は半蔵が屋敷の者たちと出て行くのをはっきり見ているのだな」

「お定さんは見たと言っています」

伝次郎はお定にも会わなければならないと思った。

「訴状には半蔵は人を殺すような男ではない。心根のやさしい男だと書かれていたが、それは何故であろうか？」

その問いかけに、おたきはいろいろあると言って、何かを思い出す顔をした。

「こんなことがありました。庭に鴉にでも襲われたらしい雀《すずめ》が怪我をして落ちていたのです。数馬様が見つけられたのですが、庭仕事をしていた半蔵さんが気づき、この雀はまだ助かると言って、自分の部屋に運んで面倒を見ました。手当てをしたのかどうかわかりませんが、四、五日後に雀は元気になり、数馬様と佑馬様の前で空に放ったことがあります」

「ふむ」

「また佑馬様がカナブンや蜻蛉《とんぼ》を捕まえて遊んでいらっしゃったのですが、子供はときにむごいことをします。佑馬様は元気のなくなったそんな虫たちを投げたり、棒でたたいたりされました。それに気づいた半蔵さんが、止めに入って、どんなに小さな生き物でも命がある。その命を粗末にしてはならないと、教え諭したこともあります」

「他には……」

「数馬様が風邪で熱を出されたときには、一晩中数馬様の寝間に近い庭で寝ずの番をしたこともあります。わたしもあの晩は付き添っていまして、半蔵さんは何かあればすぐに医者を呼びに行くから声をかけてくれと言ったのです。凍《い》てつくような寒い晩でした。半蔵さんはそれでも表で待っていました。そんな人が数馬様や佑馬様を殺めるなんて、とても信じられません」

おたきはそのときのことを思い出したのか、目に涙をため声を詰まらせた。

伝次郎はそんなおたきをしばらく眺めてから、

「もうひとつだけ教えてくれぬか。年季明けの奉公人が三人いたと言ったが、その三人はいつ屋敷を出たのだね？」

「七月の末に屋敷を出て行かれました。一年年季の方たちだったのです」

「その者の名を教えてくれぬか？」

「三人ともお侍です。浅利長九郎様、砧半兵衛《きぬたはんべえ》様、磯貝次兵衛《いそがいじへえ》様です」

伝次郎は三人の名前を頭に刻みつけた。

「長々と邪魔をしたが、また聞きたいことがあるかもしれぬ」

「いつでもいらっしゃってください。わたしで力になれることでしたら、何でもします」

「うむ。では、これで……」

四

翌朝のことだった。

伝次郎が支度を終えて出かけようとしたとき、

「旦那、林六之助様とおっしゃる同心の旦那が見えてます」

と、与茂七が呼びに来た。

伝次郎は「ほう、向こうから出張《でば》ってきたか」と思い、短くどうしようか躊躇《ためら》ったのち、

「ここへ通してくれ」

と、与茂七に答え、つけた羽織を脱いで待った。

すぐに林六之助があらわれた。中肉中背、薄い眉の下には大きな目があり受け口。歳は三十半ばだろう。南町奉行所の者なら大方顔を知っているが、伝次郎の記憶になかった。奉行所を離れて久しいので、印象の薄い者は忘れていることが多い。

「お忙しいところお邪魔いたします。林六之助でございます」

六之助は慇懃《いんぎん》に挨拶をして、挑むような視線を向けてきた。腹立たしいという心中の思いが顔にあらわれている。

「会うのは初めてであろうか？」

「わたしはよく存じあげております」

「さようであったか、それは失礼を。定廻りについたのはいつだね？」

伝次郎はやんわり聞いた。

「この春からです。それまでは下馬廻《げばまわ》りにいました」

下馬廻りは江戸城大手門《おおてもん》外の下馬先にて監視取締りを行う掛《かかり》だ。

諸藩の大名登城時は、大手門前が大名行列の供廻りで混雑し、ときに喧嘩《けんか》口論が起きて騒ぎになることがある。その取締りをするのが下馬廻りだった。

「新しい役目は大変であろう。むろん、下馬廻りの大変さもよくわかっているつもりではあるが……」

「やり甲斐《がい》を感じております。それより沢村様……」

六之助が言葉を切ったのは、千草が茶を運んできたからだった。

「遠慮はいらぬ。これはわたしの連れ合いで千草と言う。こちらは定町廻りの林六千草が口の端に笑みを浮かべて挨拶をすると、六之助も畏《かしこ》まって挨拶を返した。

「林、そなたがなぜここに来たか聞くまでもない。秋月家に奉公していた下男の半蔵のことであろう」

伝次郎は千草が去ったあとで切り出した。

「まさにそのことです。お奉行より、半蔵のことを改め直すと言われ驚いた次第です。もう一度わたしが調べ直すのかと思えば、沢村様がなさると伺《うかが》いました」

「心外であろうな」

「は……」

六之助はぎょろ目をみはった。

「おれがそなたであれば心外に思うであろう。さりながらこれはお奉行からのお下《げ》知《ち》、断るわけにはいかぬのよ。それで聞きたいのだが、半蔵の仕業だという決め手は何であった？」

「首を絞めた下緒《さげお》を懐《ふところ》に持っていたことです。それに、半蔵はおのれがやったことを認めました。もっとも、白状させるには手間取りましたが」

「半蔵の仕業だとするのに疑いの余地はなかった。さようなことであろうな」

「仰せのとおりです」

「調べを行ったとき、秋月家の奉公人たちからも話を聞いたと思うが、半蔵が二人のお倅を殺めたということにもの申した者はいなかったか？」

「誰もが半蔵の仕業に疑いは持っていませんでした」

「半蔵の罪はあきらかだということか……」

伝次郎は湯呑みを取り、ふうと湯気を吹いて口をつけた。六之助の強い視線を感じたが、かまわずに言葉をついだ。

「されど、半蔵に裁きが下りたあとで目安箱に訴状が届いた。それは助命嘆願書と言って差し支えないものであった。常なら反故《ほご》にされるのだろうが、そうはならなかった。そして、お奉行の手にわたった。そのお奉行も訴状を読んで首をかしげられた。なぜだと思う？」

「なぜ……それは……」

六之助は言葉に詰まった。

「お奉行は確たる証拠と証言を得てあることから、重罪を下された。されど、訴状にはお奉行の心を動かすほどの必死な思いがしたためられていた。おれもそれを読んだ。訴人は秋月家の奉公人、安川鶴殿とおたきという女中だった。その二人にも会って話を聞いた。さらには半蔵にも会って話を聞いた」

六之助の薄い眉が二度三度と動いた。

「鶴殿とおたきの話を聞けば、半蔵の仕業だとは思えぬようになった」

「それは……」

伝次郎は「まあ」とすぐに遮ってつづけた。

「半蔵にも問い糺《ただ》したが、殺めたか殺めていないかは曖昧であった。おのれがやったとは言わなかった。やつは泣いておった」

「半蔵の手ですよ。やつは調べのときもそうでした。泣いて慈悲を乞い、助かろうという魂胆《こんたん》があったのです」

「半蔵と二人のお倅は仲が悪くはなかった。むしろ、よかった。半蔵は二人の面倒を見、また二人も半蔵を慕っていた。さような話だったが……」

「鶴殿とおたきがさように申したのですか？　おかしな話です。それがしが聞き調べにあたったときにはそんな話は一言も出ませんでした。一切です！」

六之助は最後の一言を強めた。頬が赤くなっていた。

「そうであろう」

「えっ」

「さもあらんと思うのだ。忌《い》まわしい出来事の起きたあとである。平静を保てる者は少ない。ところが、刻《とき》がたつとともにいろんなことを思案することがある。まして、訴人《そにん》である二人は半蔵の身内でもなんでもない。そんな者が半蔵の助命を願うのには、それなりのものがあるからであろう」

「それなりのものとは何でございましょうや？」

六之助は鋭く視線を向けてくる。

「わからぬ。だから調べ直すことになっておるのだ。そのわからぬことを調べる。それがお奉行のお考えである」

「馬鹿馬鹿しく思いませぬか。お奉行は自ら裁いておられるのですよ」

「訴状にはそのお奉行のお心を惑わせるものがあるのだ。おれも何度も読み返して疑念を持つようになった」

「それがしの調べに不備があったとおっしゃるのですか？」

「林、そなたの調べを咎めているのでも非難しているのでもない」

「同じことです。いずれにせよ裁きが覆《くつがえ》ることはないのです。お好きになされればよいでしょう」

伝次郎は吐き捨てるように言った六之助を強くにらんだ。

「では、それがしは役目がありますゆえ、これにて」

六之助は伝次郎の視線を切って、そのまま立ち去った。

五

「旦那、林様はずいぶん怒っているようでしたね」

自宅屋敷を出てから与茂七が顔を向けてきた。

「気持ちはわからぬでもないが、かまうことはない」

伝次郎はそのまま亀島橋に舫っている猪牙舟に足を進めた。昨日はすぐれない天気だったが、今日は空が高く晴れわたっていた。

猪牙舟のそばにはすでに粂吉が待っていた。

にした。

「旦那、おれがやります」

与茂七が先に舟に乗り込んで、さっさと舫いをほどいた。伝次郎はまかせること

「それで、どこへ行けばいいんです？」

「秋月様のお屋敷に行く」

伝次郎はそう応じて、舟のなかにどっかり腰をおろした。

「林六之助という同心の旦那のことがわかりました」

粂吉が顔を向けてつづける。

「定町に来る前は下馬廻りだったそうです。何でも大手門前でのはたらきがよくて引き立てられたそうです。歳は三十四だと言いますから有能なのでしょう」

粂吉は調べてきたようだ。この辺のそつのなさが粂吉のよいところである。

「若いと思っていたが、三十四であったか。じつはさっきおれを訪ねてきたのだ」

「へっ、そうだったんですか……」

粂吉は少し驚いた顔をした。

「何だか、あの旦那、腹を立てていましたよ。連れていた小者の頭をぽかりと殴っ

て、行くぞと言って足早に帰って行きました。結構乱暴な人じゃねえかな」

与茂七が棹を操りながら言った。

「まあ、気にすることはない」

伝次郎は呑気《のんき》に言って流れゆく町屋《まちや》の景色を眺めた。

もう六之助のことは頭になかった。これから秋月市右衛門を訪ねるつもりだが、不在なら用人か奥方から話を聞こうか、それができなければ、もう一度安川鶴に会いたいと頭の隅で考えた。

「与茂七、小名木川《おなぎがわ》へ入れ」

伝次郎は猪牙舟が大川に出たところで指図した。与茂七は「へい」と元気よく答えて操船するが、横揺れがひどい。

伝次郎は舷側《げんそく》につかまり、波をよく見て棹を使えと注意した。

大川は水量豊かな川で、うねりが強い。猪牙舟は横からの波に弱いので相応の技術を必要とされる。

流れのゆるい小名木川に入ったときには、与茂七は息を乱し、顔に汗を張りつけていた。新高橋《しんたかばし》、猿江橋とくぐり抜けると大横川に入り、伝次郎は橋番屋のある菊川橋の袂に猪牙舟をつけさせた。

　そのまま河岸道に上がると、南辻橋のほうへ足を進め、その橋まで一町ほどのところで立ち止まった。

「この辺で半蔵は数馬殿と佑馬殿を抱えて岸に上がってきたのだな」

　伝次郎は大横川を眺めてつぶやく。いまは穏やかな流れだが、事件当時は水嵩《みずかさ》が増し濁流になっていたはずだ。

（おかしい）

　伝次郎は心中でつぶやいた。

「もし、半蔵が二人のお倅を殺したのなら、なぜ抱きかかえて岸に上がってきたのだ？」

　疑問は声になって漏れた。粂吉と与茂七が顔を向けてくる。

「そうは思わないか。二人を殺したのなら、そのまま川に流しておけばすむことだ。うまくすれば、自分が手にかけたことは知られなかったかもしれない。それなのに半蔵は二人のお倅を抱いて岸に上げた」

「たしかに……」

粂吉が納得したようにうなずけば、そう言われるとたしかにそうですねと、与茂七も言葉を添えた。

「二人はどこで殺されたのだろうか？　二人に恨みがあるなら、首を絞めて川に投げ落とせば、それですむことだ。死んでいたとしても、わざわざ助けることはない」

「おっしゃることはわかります」

粂吉がうなずきながら言った。

「どこで殺されたかわかりませんが、川のなかってことはないでしょう。てことは、どっかその辺の岸で殺して、川に落としたってことではないですかね」

与茂七が言う。

伝次郎は南辻橋のあたりを見た。いまは人がわたっているが、事件のあった頃は誰も通っていなかっただろう。雨と風が強ければ、見通しも利かなかったはずだ。もし、半蔵が二人が殺される場を見ていたら、助けに行ったかもしれない。もしくはその場を見てはいなかったが、濁流に見え隠れする二人の子供に気づいて川に飛び込んだのか？

しかし、半蔵は自分の罪を認め、下された裁きを受け入れている。

(それはどういうことだ……)

伝次郎はそのまま歩き出した。

新たに浮かんだ疑問は解けぬままだが、とにかく聞き調べをするしかない。

秋月家の門はしっかり閉ざされていた。立派な長屋門《ながやもん》で潜《くぐ》り戸もある。門の両側には奉公人たちにあてがう長屋があった。

門をたたき訪《おとな》う声を張ると、しばらくして脇の潜り戸から使用人が顔をのぞかせた。伝次郎は自分のことを名乗り、用件を伝え、主の市右衛門がいるなら取り次いでもらいたいと頼んだ。

待たされることもなく屋敷内に通され、玄関に入ると、案内の奉公人が座敷に上げてくれた。粂吉と与茂七は玄関そばで待つ恰好だ。

主の市右衛門が在宅していたのは登城日ではないからだろう。火事場見廻役の市右衛門は登城すれば躑躅之間《つつじのま》詰めの大身旗本だ。伝次郎がめったに会える人物ではない。我知らず緊張を禁じ得ず、表情をかたくした。

座敷には真新しい畳が敷かれており、藺草《いぐさ》の香りが匂い立っていた。開け放された障子も新しく、縁側もよく磨き抜かれ秋の日差しを照り返していた。庭には枝振りのよい松や楓《かえで》などがあった。

「御番所からの使いであるか」

足音もせずにそんな声が聞こえ、左側の襖《ふすま》が開き、市右衛門が姿をあらわした。

六

秋月市右衛門は小太りでやさしい面立《おもだ》ちだった。歳はよくわからぬが初老であるのは間違いなかった。非番なのであろうか楽な着流し姿だ。

伝次郎は失礼のない挨拶をしてから、悔やみの言葉を述べた。

「あの二人を亡くしたことはいまでも悔やまれる。忘れようとしても、悲しみはいまも引きずったままだ」

「お気持ちお察しいたします」

「それでいかような用件であろうか？」

市右衛門はふくよかな顔のわりには小さな目を光らせた。

「数馬様と佑馬様の死についていささか疑わしきことが出ましたゆえ、是非にも殿様からもお話を伺いたく罷《まか》り越した次第でございまする」

「いささか疑わしきこととは何ぞや？　あの一件はすでに片がついているであろう。半蔵の刑はいつ行われるのだ？」

「刑の執行《しぎょう》は近々だと思いまする」

「おかしなことを申す。さりながら我が子の死に不審があると申すか……」

市右衛門は人を斬り裂くような鋭い視線を向けてくる。

「殿様はお忙しい身の上だと察しますので、手短に申し上げます。たしかに半蔵の裁きは終わっていますが、彼《か》の一件が半蔵の仕業であったとする証拠が、弱すぎることが判明したのです。と、申しますのも、半蔵が二人のご子息を何故、川から抱き上げて来たのかという訝《いぶか》しさがあります。端《はな》から半蔵がお二人を殺めるつもりだったのなら、わざわざそんなことをする必要はないはずです。また、殿様がご家来にお二人を捜すよう命じられたとき、半蔵もこちらの方といっしょに屋敷を出たと聞いております」

市右衛門はやや下がり気味の眉を動かした。

「半蔵はこちらの皆様といっしょにご子息捜しをやっていたとも聞いています。とすれば、半蔵はこちらの方たちの目を盗み二人を殺めた、あるいは前以《まえもっ》て半蔵は二人を殺めていたと考えるのが常道。さように考えるならば、半蔵は自ら犯した罪を曝《さら》すように、二人を荒れる川から引き上げたことになります」

「うむ」

短くうなった市右衛門は、つぶらな目を左右に動かして思案顔になった。

伝次郎は安川鶴とおたきから助命嘆願の訴状があったことを伏せて話した。おそらくそのことは、適当な時機が来るまで口にしないほうがいいと判断していた。

「あの夜は江戸中の川が氾濫《はんらん》しそうになっていました。水嵩が増し流れも速く荒れていました。そんな川に半蔵は飛び込んで二人を抱え上げたことになります。ややもすれば我が身も危なかったはずです。二人のご子息を手にかけた者が、わざわざそんなことをするとは到底《とうてい》考えられないのです」

「そう言われればそうであるな」

市右衛門は伝次郎に真っ直ぐな目を向けた。

「その当時、殿様は我が子を失った悲しみで、さぞや動転されていらっしゃったと思います。されど、いまになってみれば……」

伝次郎は短い間を置いた。屋敷内はことりとも音がしないほど静かである。

「沢村殿、たしかに言われてみればおかしいのう」

「殿様はいかような縁で半蔵を召し抱えられたのでございましょうか？」

伝次郎は話柄《わへい》を変えた。

「あれは車力《しゃりき》をやっていた。ときどき見かけていたのだ。真面目《まじめ》なはたらき者に見えた。それに人一倍大きな体をしていた。まるで相撲取り、いや相撲取りにもなれそうな大男だった。その頃、わたしは御役のないただの寄合であったが、火事場見廻役を拝命した。五年ほど前のことだ。よって、それまでのような体裁《ていさい》ではいられなくなった。中間や小者などの奉公人もそれなりに揃えなければならぬ。そこで思いついたのが、半蔵のような大男を家来につければ見栄えがよいということだ。よし、ならばと、わたしのほうから声をかけて雇った次第だ」

市右衛門は登城の際にはそれなりの供をつけなければならない。

旗本には決まった数の奉公人をつける規定がある。市右衛門は三千石《ごく》なので、さしずめ五十人ほどの家来を抱えていておかしくない。半蔵を雇い入れたのは、おそらく体面を考えてのことだろう。

「雇われていかがでございました?」

「わたしの目に狂いはなかったというのが正直な思いだ。供連れにくわえると、わたしの行列の見目《みめ》がよいと褒められた」

たしかにそうであろう。

半蔵のような巨漢がひとりいるといないでは大きな違いだ。

「よくはたらくし、なんでも進んでやってくれた。まあ屋敷内のことではあるが、丈も高いし力もあるから便利な男だった。それが……」

市右衛門は口を引き結んで顔をしかめた。

「数馬様と佑馬様の面倒も見ていたのでは……」

「そのようだ。数馬も佑馬も半蔵半蔵と言って慕っておった。それはたしかではあるが……」

市右衛門は疑問に思うことはあるようだが、裁かれた半蔵への恨みは消えていないようだ。

「殿様、奥様も半蔵のことをご存じのはずだと思いますが、お話を伺うことはできませぬか」

伝次郎は遠慮がちに聞いたのだが、市右衛門は「よいだろう」と快諾して、美佐という妻を呼んでくれた。

美佐は市右衛門に相応《ふさわ》しい楚々《そそ》とした妻だった。市右衛門よりひとまわりは若そうだと思ったとおり、

「これは後添《のちぞ》いでな。先妻は子を産む前に流行病で死んでしもうた。数馬と佑馬は美佐が産んでくれたのだが、あんなことになるとは神も仏も慈悲がない」

そう言って市右衛門はため息をついた。

「それで何をお訊ねなのでしょうか？」

市右衛門から伝次郎を紹介されたあとで、美佐が問うた。

「半蔵は数馬様と佑馬様とよい仲だった。お二人は半蔵を慕っていたと伺いましたが、奥様はそのことをご存じでしょうか？」

「存じております。先日四十九日をすませたばかりですが、ときどきそのことを思い返すことがあります。半蔵はよくやってくれました。身体は大きいのに気の小さな男でした。子供が好きなのか、数馬と佑馬がからかっても、いつもにこにことや

さしく接してくれていました。そんな半蔵がまさかと……」

美佐は口を引き結んで、やるせなさそうなため息をついた。

「沢村殿は半蔵が数馬と佑馬を殺めたのではない。下手人は他にいるのではないかと考えておられる」

市右衛門が伝次郎の考えを代弁するように言った。

「でも、もう半蔵は……」

美佐は驚き顔をして目をしばたたきながら、伝次郎と夫を交互に見た。

「裁きは下っていますが、調べに粗相《そそう》があったやもしれぬのです」

「まことに……」

伝次郎の言葉を受けた美佐は、少し身を乗り出した。

「真の下手人は他にいるかもしれませぬ。そのためにお話を伺いにまいりました。奥様から見て半蔵はどういう男でした？」

美佐は少し考える顔をしてから答えた。

「よくはたらく男でした。それは黙々と、人から指図されずとも、庭の草取り庭木の剪定《せんてい》、薪割りなど力仕事も進んでやってくれました。数馬と佑馬の遊び相手にもなっていました。そんなとき、半蔵は楽しそうに笑って、数馬も佑馬も……」

美佐はそこで声を詰まらせ、かぶりを振り、「まさか、まさか」と、つぶやいた。

「二人のお子様も半蔵を慕っていたのですね」

美佐はうなずいた。

伝次郎はそれを見て市右衛門に顔を向けた。

「殿様は半蔵を叱ったり、折檻《せっかん》されたりはなさいませんでしたか?」

「半蔵を叱ったり、手をあげたことはない」

伝次郎は眉宇《びう》をひそめた。

「他の奉公人を叱ったり折檻されたことはございますか?」

「まあ、目に余ることがあればひどく叱ったことはある」

「その相手は誰でございました?」

市右衛門は少し考えてから答えた。

「年季明けでやめたが、浅利長九郎を叱り飛ばし打擲《ちょうちゃく》したことがある。あれは足軽《あしがる》として雇ったのだが、他の奉公人をおのれの手下のように使っていた。わたしの目の届かぬところで若党をいじめているのを知り戒《いまし》めると、見苦しくも言《い》い解《ほど》きしおったからだ」

「一度だけでございますか？」

「そのときだけであった。その後はおとなしく勤めてくれた」

「浅利長九郎はいまどこにいますでしょうか？」

「それはわからぬ。あれは近所の人宿を通して来た者だから、人宿なら知っておるだろう」

「どこでございますか？」

市右衛門は本所林町《はやしちょう》一丁目にある人宿《ひとやど》を教えてくれた。秋月家の奉公人は、おおむねその人宿を使っているらしい。人宿はいわゆる職業斡旋《あっせん》所で「桂庵《けいあん》」あるいは「口入屋」と呼ばれる。

「半蔵は他の奉公人たちとうまくやっておりましたか？」

この問いに答えたのは美佐だった。

「半蔵は寡黙《かもく》で身体のわりにはおとなしいので、何か言いつけられると文句も言わずにやっていました。わたしの目には都合よく使われているように見えましたけれど、とくに悶着《もんちゃく》などありませんでした」

伝次郎は短く考えた。話を聞くかぎり、半蔵はとくに問題もなく真面目に奉公していたという印象しか受けない。

「沢村様、もし他に下手人がいたとなれば、半蔵はどうなるのでしょうか?」

「すでに裁かれていますので、刑を執り行うのがしきたりです」

美佐は市右衛門と顔を見合わせた。

「ひとつお訊ねいたします。半蔵を憎んでおいででしょうか?」

伝次郎は市右衛門と美佐を眺めた。

「憎まずにはおれなかった。しかれども、沢村殿の話を聞き、わたしにも疑念が生じている。そのこと妻にもあとで話してやろう」

「奥様はいかがでございましょう?」

「半蔵の仕業ということに、信じがたい気持ちもありましたけれど、やはり我が子を殺めた男です。許せる気持ちはありません。されど……」

美佐はそう言って、迷いの生じた顔を市右衛門に向けた。

伝次郎は他に聞くべきことはないかと、胸のうちで考えた。聞くだけのことは聞いた気がする。

「突然お伺いし、長々とお邪魔をいたした無礼お許しくださいませ」

伝次郎が頭を下げると、もう帰るのかと市右衛門が問うた。

「あらためてお伺いすることがあるやもしれませぬが、今日はこれにて失礼させていただきます」

七

「林町一丁目に飯田《いいだ》屋という口入屋がある。秋月家の奉公人はおおむねその店の紹介らしい。年季明けでやめた浅利長九郎、砧半兵衛、磯貝次兵衛がいまどこにいるか調べてくれ」

伝次郎は表に出るなり、粂吉に指図した。

「承知しました。で、旦那は？」

「おれはもう一度安川鶴殿に会って話を聞き、そのあとで半蔵に会う。与茂七、おまえも粂吉といっしょにいま申した三人の居所を調べてくれ」

与茂七が顔を向けてきた。

「わかったらどうします？」

伝次郎は高く晴れわたっている空を見た。まだ、昼までには十分な間がある。

「昼九つ（正午）に新シ橋北詰に近い茶屋で待っている。もし、小半刻ほど待ってもおまえたちが来なかったら、夕刻にでもおれの家で落ち合おう」

「承知しました」

伝次郎はその場で二人と別れ、猪牙舟を置いている菊川橋に向かったが、わざと遠回りをしてもう一度、半蔵が数馬と佑馬を引き上げた河岸地のそばに立った。

事件当日は篠突く雨で川が荒れていたのは想像するまでもない。普段の水深は三、四尺（約九一～一二一センチ）だろうが、水嵩が増せば人の背丈ほどになっていたはずだ。そんな川から半蔵は二人の子供を抱え上げた。

（自分で殺した子供を、わざわざ上げるか……）

大きな疑問である。

菊川橋に行くと、桟橋《さんばし》に繋いであった舫いをほどいて舟を出した。半蔵が数馬と佑馬を抱え上げたのは、南辻橋から一町ほど南の河岸だった。

伝次郎はそのあたりを凝視した。おそらくそのときは周囲は雨に烟《けぶ》っていたはずだ。それに夕刻のことなので、視界は利かなかっただろう。

南辻橋をくぐり抜けると、猪牙舟を竪川に乗り入れた。ゆっくり大川に向かいながら、秋月市右衛門と美佐から聞いた話を反芻《はんすう》する。

これから会う予定の安川鶴と女中のおたきもそうだが、誰も半蔵のことをあしざまに罵《ののし》りはしない。それどころか、おとなしくてよくはたらく男だと言った。数馬と佑馬とも仲がよかったと。

そんなあれこれを考えていると、大川に入っていた。伝次郎は棹を舟のなかに入れ、櫓を漕いで両国《りようごく》橋を抜けて神田川に入った。

安川鶴が留守なら出直さなければならないと覚悟していたが、さいわいにも在宅していた。

「今日は父がいますが、かまいませんのでお上がりください」

伝次郎は勧められるまま玄関を入ってすぐの座敷に上がった。そこで鶴は父親の由利之助《ゆりのすけ》を紹介してくれた。

「お休みのところ失礼いたします」

伝次郎が頭を下げると、

「遠慮はいりませぬ。ゆっくりしていってください」

と、由利之助は答え、奥の間に姿を消した。徒組の組衆なので質素な佇《たたず》まいながら、よく掃除が行き届いている。

鶴が茶を運んでくると、伝次郎は早速用件に入った。

「数馬殿と佑馬殿が半蔵を慕っていたというのは、殿様と奥様からも話を聞いてよくわかりましたが、他の奉公人たちと半蔵はうまくやっていたでしょうか？　殿様や奥様の目の行き届かないところもあったと思うのです」

「それはどうでしょう。わたしが知るかぎり、面倒なことはなかったはずです」

「半蔵を嫌っていた奉公人がいたようなことは？」

鶴は短く庭先に視線を向けてから答えた。

「半蔵さんを嫌っていたかどうか、それはわかりませんが、よくからかう人はいました。庭仕事をしている半蔵の後ろから近づいて、棒でたたいたり、木偶《でく》の坊《ぼう》と悪口を言う人はいましたが、そんなとき半蔵さんは小さく笑うだけで、すぐ仕事に戻っていました」

「たたいたり悪口を言ったのは誰です？」

伝次郎は澄んだ瞳を持つ鶴を見つめる。

「奉公されている方は、それぞれです。普段は屋敷のことや、殿様が外出をされるときの供をされます。申してみればみなさん、同じ使用人ですが、登城の折や式日《しきじつ》には、若い方は若党に、少し歳を召された方は侍を兼ねられます。他の方は槍持《やりも》ちや草履取り、挟箱《はさみばこ》持ちです。半蔵さんは体が立派だったのでいつも槍持ちで、それは見栄えがようございました。ところがそれをやっかまれたのか、侍として供をされる方は半蔵さんを邪険にしていた気がします」

「その者は？」

「めったなことは言えませんので、ここだけの話にしていただけませんか」

「他言はしません」

「ひとりは浅利長九郎さん、もうひとりは砧半兵衛さん……」

鶴は声をひそめて言った。

伝次郎は、また浅利長九郎の名が出てきたと思った。

「浅利長九郎は一度、殿様に折檻されたと聞きましたが、ご存じですか？」

「いいえ、それは知りません」

伝次郎は自分が疑問に思ったことを口にした。秋月市右衛門に話したことである。

鶴は目をまるくして少し驚き顔になった。

「そう聞いて初めて気がつきました。まさにそうだと思います。半蔵さんは、溺れていたか溺れかかっていた二人を助けようと川に飛び込んだのだと思います。だって、半蔵さんは数馬様と佑馬様をほんとうに可愛がっていらしたのですから」

鶴はそう言って目を潤ませた。

「もし、そうであれば、下手人は他にいることになります」

「わたし、またなにかお役に立てることを思い出すかもしれません。そのときはどうすればよいでしょうか？」

伝次郎は少し考えてから、自分の住まいを詳しく教え、鶴の家を辞した。

表に出た伝次郎は空に舞う鳶を眺め、林六之助に会わなければならないと思った。

第三章　南辻橋《みなみつじ》

一

伝次郎は半蔵との二回目の接見に臨《のぞ》んだ。場所は前回と同じく牢屋敷内の改番所だ。

鍵役同心と二人の牢屋下男に引き出されてきた半蔵は、おとなしく板の間に上がり座った。黒い顔を曇らせ、額にうっすらと汗をにじませていた。哀しげな目は膝許に落としている。

「半蔵、正直に話をしてくれぬか。数馬殿と佑馬殿を殺めたのはおぬしであるか？」

それに答えたのは鍵役同心だった。

「沢村様、お言葉ではありますが、そやつの刑は決まっておるのです。いまさら問い糾しても無駄ではございませんか」

「黙れッ。口を挟むでない」

伝次郎はいつになく厳しい目で鍵役同心をにらんだ。同心は一瞬にしてしゅんとなり、戸口の外に出た。伝次郎は半蔵に視線を戻す。

「どうだ？」

半蔵は唇を結び、小さく首を振る。

「ならば二人が殺された日のことだ。あのときは夕暮れで、あたりは暗かった。強い雨と風があり、見通しも利かなかった。おぬしはどこで二人を見つけた？」

「……橋……橋の……」

「橋の何だ？」

「橋の下を流れていました」

伝次郎は眉宇をひそめた。

橋というのは、大横川に架かる南辻橋に他ならない。

「流れている二人を見つけて、おぬしは飛び込んで助けようとしたが、そのときは死んでいた。そうであるか？」

「……可哀想に、あんな川に……生き返らなかったんです」

「おぬしが川に飛び込んだときには死んでいたのだな」

「…………」

「川に入る前に誰か見なかったか？」

この問いに、半蔵は潤んだような目を斜め上方に向けた。表の光を受けたその両目はとろんとしている。

「数馬殿と佑馬殿は首を絞められて殺されていた。おぬしはその場を見たのではないか？　あるいは二人を川に突き落とした者を見ているのではないか？」

半蔵は太い首をかしげた。

「見たのか？　見たが、しかと誰かはわからなかった……」

半蔵が初めてまっすぐな視線を向けてきた。

「そうなのか？」

はっきりした答えを期待したが、半蔵は小さく首を振るだけだった。

また前回と同じだと、伝次郎は内心でため息をつき、問いを変えることにした。

「おぬしは仕えていた殿様のことをどう思っていた？」

「……いい人です」

「怒鳴られたり折檻されたことはなかったか？」

「殿様はやさしいです」

「では、他の奉公人からひどい仕打ちを受けたことはなかったか？」

半蔵は「ない」というように首を振った。

「数馬殿と佑馬殿のことはどう思っていた？」

半蔵はうつむいた。

顎が痒《かゆ》いのか、両手を後ろ手に縛られているので肩にこすりつけたあとで、

「可愛い子だったです。……でも」

と、口をつぐむ。

「でも、何だ？」

「……可哀想なことに、可哀想な……」

半蔵はそう言うと、恥ずかしげもなく涙を溢れさせ、洟《はな》を垂らし、肩をふるわせ

た。その様子を伝次郎は見つめた。

やがて半蔵は顔を上げて、

「旦那、あっしはお坊ちゃまたちのところへ行きたいだけです」

と、震え声ながらも、はっきりと言った。

「おれが知りたいのは、おぬしが殺したかどうかだ。殺していなければ、殺した者を見たのではないか？　どうだ？　半蔵教えてくれ」

「あっしはもう死にたい。死んだほうがいいんです」

伝次郎は大きなため息をつき、鍵役同心を見て、

「もういい。連れて行ってくれ」

と、指図した。

粂吉と与茂七と落ち合うために、伝次郎は新シ橋近くの茶屋に移っていた。茶を飲み、目の前を通り過ぎる人を見るともなしに眺めながら、半蔵の涙顔を思い浮かべた。

（いったいあの涙はなんなのだ？）

幼い子供二人を殺した後悔の涙なのか。それとも可愛がっていた二人を亡くした喪失感なのか。

それにしても半蔵は、大事な問いには曖昧にしか答えない。

(やはり、やつが殺めたのか……)

半蔵はもう死にたいと言った。死んだほうがいいとも。

何故、そんなことを口にしたのだ。死の宣告を受けている囚人である。罪を犯しながらも、命乞いをする罪人は腐るほどいるのに、死を受け入れたがっている。

(それにしても平仄《ひょうそく》が合わぬ)

伝次郎は内心でつぶやく。

自分で殺した子供二人を、荒れ狂う川に飛び込んで助けるだろうか。どう考えてもそんなことはないはずだ。

もしくは殺したあとで後悔をし、そのまま川に流すのは不憫《ふびん》だと思ったのか……。

「旦那」

思考を中断したのは与茂七の声だった。顔を上げると、与茂七が隣に腰をおろした。条吉はいない。

「どうであった。わかったか？」

「へえ、わかりましたが、留守をしていました。住処《すみか》は南本所出村町《みなみほんじょでむらちょう》にある万平店《まんぺいだな》という長屋です。三人とも同じ長屋住まいですが、砧半兵衛は独り住まいで、浅利長九郎の家に磯貝次兵衛が居候しているようです」

「条吉は見張っているのだな」

「はい。どうします？」

聞かれた伝次郎は一度通りを眺めてから、

「おれも見張りに行くことにしよう」

と言って腰を上げた。

二

安川鶴は隣からもらった里芋を洗っていた。泥を落とすだけなのでさほどの労力ではない。今夜は父の酒の肴《さかな》に、衣《きぬ》かつぎにしようと考えていた。

鶴も好きな食べ物のひとつだ。泥を洗い落としながら、額に浮かんだ汗を手の甲でぬぐい、窓の外に目を向けた。

隣の家の柿の木が西にまわりはじめた日の光を受けている。実はまだ青いが、日《ひ》毎《ごと》に色づいていく。

柿の葉が風にふるえるように動いていた。そのとき、半蔵のことを聞きに来た沢村伝次郎の顔を思い出した。

町奉行所の与力らしく、精悍な顔立ちに凜《りん》とした鋭い目。そして、人を包み込むような頼もしさがある。

（あの方も半蔵さんが、お坊ちゃまたちを殺めたとは考えていらっしゃらないのだわ）

胸のうちでつぶやき、桶《おけ》のなかの里芋に目を転じると、なぜか半蔵のやさしげな顔を思い出した。

市右衛門と登城するときはいつも槍持ちだった。堂々とした体軀《たいく》で槍を持つと、まるで弁慶《べんけい》のように勇ましく見えた。普段は庭の草むしりや、庭木の剪定をしていたことが思い出される。

そんなとき、数馬や佑馬が半蔵に駆け寄り、楽しげに笑っていた。どんな会話をしているのかわからなかったが、半蔵も楽しそうだった。ときどき、幼い佑馬を抱え上げて高いところにある柿の実をちぎらせていた。

屋敷には厩があり、馬を庭に引き出して、その背に数馬と佑馬を乗せ、半蔵は口取り役となってゆっくり庭を歩かせた。

馬の背ではしゃぐ二人の子供を見て、半蔵は小さく笑っていた。

あまり話はしなかったが、寡黙な半蔵がいつになく饒舌《じょうぜつ》になったことがあった。

それは鶴が縁側から踏み石に足を下ろし、庭下駄をあやまって履きそこねて転んだときだった。

「あっ」

鶴は地面に手をつき、小さな悲鳴を上げた。掌《てのひら》がこすれ膝を打ちつけていた。痛みを堪《こら》えて立ち上がろうとしたとき、

「大丈夫ですか？」

と言って、手を貸してくれたのは半蔵だった。幸い怪我もなく痛みもすぐに引いたが、

「お怪我はありませんか？」

半蔵は心底心配そうな顔で言った。

「ええ、ご心配なく」

鶴はそのまま縁側に腰をおろして半蔵を見た。何だか照れ臭そうな顔をして、頭を下げるとそのまま庭掃除に戻ろうとした。

「待って、半蔵さん」

呼び止めると、半蔵は大きな身体をゆっくり振り向けた。

「あなた、お生まれはどちら？」

「あっしは下総《しもうさ》の貧乏百姓の生まれです。末っ子の役立たずなんで、家を追い出されちまったんです」

半蔵は恥ずかしそうに言った。

「下総から江戸に見えたのね」

「へえ、そうです。力仕事ばかりやっていましたが、殿様に声をかけられてこちらのお屋敷ではたらくことになりました」

「そうでしたの」

鶴がそう答えたとき、屋根の上で鴉の鳴き声がして、カラコロと何かが転がる音がして、ぽとりと庇から落ちてきたものがあった。蝸牛《かたつむり》だった。

「鴉が食い損ねたんでしょう」

半蔵は飛び立つ鴉を見て、地面に転がっている蝸牛をさも大事そうに両手で拾い上げ、

「これも生きてるんです。命拾いしてよかった」

と、ほっとした安堵《あんど》の笑みを浮かべ、庭の紫陽花《あじさい》の葉に這《は》わせに行った。鶴はそれを眺めていた。やさしい人だと思った。

「半蔵さんがお坊ちゃまたちを殺めるなんて、そんなことは決してないはず」

思い出から我に返った鶴は小さくつぶやいて、里芋を洗いはじめた。

「半蔵さんはそんなことをする人ではない」

もう一度つぶやくと、なぜか胸が熱くなり、涙が溢《あふ》れてきた。

三

日は傾いたが、暮れるまでにはまだ間があった。

伝次郎と与茂七は条吉に合流すると、そのまま長九郎たちが住んでいる万平店という長屋を見張りつづけていた。

しかし、一刻《いっとき》（約二時間）ほど待っても三人が帰ってくる様子はない。

万平店は大横川に架かる法恩寺《ほうおんじ》橋の東詰からすぐのところにある、小さな稲荷《いなり》の脇路地を入ったところにあった。長屋の路地奥は別の長屋の壁になっていた。

「安川鶴殿は、半蔵が殺していないというたしかなことをつかんでいるわけではない。いわば半蔵に情けをかけているだけだ」

伝次郎は条吉に、鶴から聞いた話をして言葉を足した。

「だからといって蔑《ないがし》ろにはできぬ。それだけの情け心があるのは、半蔵という男が真の悪人ではないということだろう」

「旦那、要は二人のご子息がどこでいつ殺されたかではないでしょうか？　秋月家の奉公人たちが捜しに出たときどさくさに紛れてやったのか、それともその前にすでに殺していたのかだと思うんです」

条吉だった。

「おぬしの言うとおりだ。まさにそのことが肝要《かんよう》なのだ」

三人がいるのは、万平店の木戸口を見張れる茶屋だった。このあたりはもう江戸の郊外といってもよい場所なので、人通りはさほど多くない。

「長九郎らは仕事にはまだありついていないのだな」

伝次郎は条吉と与茂七を見た。

「聞いたところ、毎日遊び歩いているふうだと言いますから……」

答えたのは与茂七だった。

長九郎ら三人は浪人である。それも仕官などできない男たちなので、武家奉公が関の山だ。しかもその実入りは少ない。

秋月家でいかほどの給金をもらっていたか定かではないが、年に金五両二人扶持《ぶち》がいいところだろう。

秋月市右衛門が締まり屋なら、三両一人扶持。俗に言う「三一侍《さんぴん》」ということだ。

日の傾きが早くなり、通りを歩く人の影が長くなった。

伝次郎は三人で見張っていても埒があかない、自分にはまだ聞き調べなければならないことがあると思い、

「粂吉、与茂七、ここはおまえたちにまかせる。おれは林六之助に会わなければならぬ」

と言って、手にしていた湯呑みを床几《しょうぎ》に置いた。

「三人が戻ってきたらどうします？」

粂吉が顔を向けてきた。

そのとき、与茂七が「旦那」と言って法恩寺橋のほうを見た。

伝次郎がそちらに目を向けると、着流しの侍が橋をわたってくるところだった。どう見ても浪人者で、ひとりは一升徳利《とつくり》を提《さ》げていた。

(やつらか)

伝次郎が注視していると三人は万平店の木戸口に入っていった。

「よし、話を聞こう」

伝次郎は立ち上がって三人のあとを追うように万平店へ足を向けた。長屋の路地

に入ったときに、一軒の家に三人が姿を消したところだった。木戸口から四軒目の家だ。

戸口前に立つと、家のなかから笑い声が聞こえてきた。

「ごめん」

声をかけると、家のなかの声がぴたりとやんだ。

「南番所の沢村と言う。邪魔をする」

伝次郎は戸に手をかけて開けた。

居間にいた三人が何事だという顔を向けてくる。

「おぬしら秋月市右衛門様の屋敷で奉公していたな」

「していましたが、いったい何事です」

聞いてきたのは狐目《きつねめ》の痩《や》せた男だった。

「おぬしの名は？」

「砧半兵衛です」

伝次郎は半兵衛を眺めた。色白の狐目で薄い唇が赤く光っていた。

「浅利長九郎というのは……？」

伝次郎は残りの二人を見る。

「拙者です。いったいどんなご用で……」

長九郎は色が黒く、頬骨の張った四角い顔をしていた。残るひとりが磯貝次兵衛ということになる。猪首《いくび》で小太りだ。三人とも同じ年頃で、三十前後に見えた。

「秋月家には半蔵という使用人がいた。その半蔵は市右衛門様のご子息二人を殺した廉《かど》で獄に入れられている。死罪も決まっている」

「やつはとんでもない悪党でしたよ。大きな図体《ずうたい》で数馬様と佑馬様を手なずけたあげく殺したのですから」

長九郎だった。

「裁きは下っているが、調べに手違いがあったかもしれぬのだ。それでもう一度調べ直すことになった」

「そんなことが……」

長九郎は半兵衛と次兵衛を見て、あきれたような顔をした。伝次郎は上がり框《かまち》に腰を下ろしてつづけた。

「件《くだん》の日は雨風が強く、川は水が溢れるほどになっており荒れていたと聞く。篠突く雨で見通しもきかなかった。そうだな」

伝次郎は三人をゆっくり眺める。

「たしかにひどい天気でした。子供は危ないことをしたがったり、怖いものを見たがったりしますから、拙者も心配したんです。なにせ、お二人はやんちゃ盛りでしたから」

砧半兵衛が胡坐《あぐら》をやめ行儀よく座り直して言った。戸口に立つ粂吉と与茂七をちらりと見て、唇の端に小さな笑みを浮かべた。

「捜しに行ったとき、南辻橋の近くに誰か見なかっただろうか？　おそらく二人の子供は橋の上か、橋の近くで首を絞められ川に流されたと思うのだが……」

伝次郎はゆっくり三人を眺めた。

「やったのは半蔵ですよ。拙者はやつが橋の近くを捜しているのを見ましたから」

そう言ったのは長九郎だった。そうでしょ、と半兵衛に同意を求める顔をした。

「ああ、半蔵が南辻橋のほうにいたのは見ています」

「おぬしはどうだ？」

伝次郎は次兵衛に聞いた。

「たしか半蔵が橋の近くをうろついているのは見ています」

次兵衛はそう答えて半兵衛を見た。

「半蔵の他には誰も見なかった。さようなことか……」

三人は同時にうなずいた。

「半蔵の仕業でなかったら、誰がやったんでしょう？」

半兵衛は愛想《あいそ》笑いを浮かべて伝次郎を見た。

「それはわからぬ。長九郎、おぬしは殿様にひどく叱られ折檻されたことがあったそうだな」

「まあ、ありました。何もあそこまで打たれるとは思わなかったんですが……」

「それはおまえが悪かったからだ」

半兵衛が窘《たしな》めるように言う。

「打たれて殿様を憎く思わなかったか？」

伝次郎は長九郎を凝視する。

「正直なことを言えば、腹が立ちました。だからと言って逆らうことはできませんから……」

「じっと堪《こら》えていたというわけか」

「そうです」

伝次郎は長九郎から視線を外し、

「とにかくおぬしらは半蔵以外に怪しい人影は見なかったのだな」

三人は同時にうなずいた。

「この家は誰が借りているのだ？」

「拙者です」

半兵衛が答え、長九郎の家は井戸端の近くで磯貝次兵衛が居候していると教えた。

「仕事を探してる最中か？」

「なかなか見つかりませんで……。旦那、何か力になれることがあれば声をかけてください。仕事にありつくまでは暇なんで。とは申しても、半蔵が下手人だと決まっているんですよね」

「ま、さようではあるが……」

伝次郎はもう一度三人を眺め、邪魔をしたと言って立ち上がった。

四

表に出ると、もう暗くなっていた。

「旦那、どうします？」

与茂七が横に並んで言葉を足した。

「やつらはああ言いましたが、どうなんですかね？」

「うむ。何とも言えぬ」

たしかに三人の話を聞くかぎり疑うものはなかった。半蔵が無実だとすれば、真の下手人がいるはずだが、その下手人は何のために二人の子供を殺さなければならなかったのだろう。

「数馬様と佑馬様が屋敷を出たのは、誰かに呼び出されたのかもしれません」

粂吉だった。

「呼び出すとすれば顔見知りのはずだ」

「二人が知っている者でなければ、二人は飴《あめ》か菓子かなにかで釣られて呼び出されたのかもしれません」

「たとえそうだとしても、二人を殺すには何か強い動機がなければならぬ。秋月様に根深い恨みを持つ者の仕業か……」

伝次郎は秋月市右衛門の顔を思い浮かべた。人に恨まれるような人物には見えなかった。それとも本人が気づかない恨みを買っているのか。

「とにかく今日は引き上げだ」

伝次郎は法恩寺橋そばの河岸地に舫っている猪牙舟に乗り込み、思案したいことがあるので操船は与茂七にまかせた。

舟には隠し戸があり、そこに提灯《ちようちん》や桶などがしまわれている。伝次郎は自ら舟《ふな》行灯《あんどん》を出して火をともした。

夜の操船は暗いので神経を使うが、帰りは下りなのでその分楽だ。

伝次郎は暗い川面を見たり、両岸に蛍のように浮かぶ町屋の灯りを眺めながら思案をめぐらした。

「与茂七、先に帰っていろ。おれは林六之助に会ってくる」

猪牙舟が亀島橋の袂につけられると、伝次郎はそう言って先に下りた。粂吉がいっしょについて行くと言ったが、用はひとりで足りるので先に帰した。

伝次郎はそのまま八丁堀の組屋敷地に入り、林六之助の家を探した。同心に与えられた屋敷は大まかにわかっているので、六之助の屋敷は手間をかけることなく見つけられた。

ただ、定町廻りは忙しい役儀なのでまだ帰宅していないかもしれない。しかし、それは杞憂《きゆう》だった。

木戸門を入ったところで、玄関から出てきた中間がいたので声をかけると、六之助はつい先ほど帰宅したとのことだった。

取次を頼むと、すぐ玄関にいざなわれ、座敷に通された。六之助は楽な着流し姿で伝次郎の前にあらわれ、

「半蔵の他に下手人がいましたか？」

と、先に声をかけてきた。

「それはまだわからぬ。訊ねたいことがある」

「何でしょう」

六之助は不遜《ふそん》な面構えで問う。

「口書《くちがき》はおぬしが取ったのだな」

「それがしが調べをしましたので……」

当然のことだろうという顔つきだ。

伝次郎は六之助に会うまでもなく、例繰方《れいくりかた》に行って口書を見せてもらえばすむのだが、六之助に断りを入れずにそんなことをすれば、また心証を悪くすると思い会いに来たのだった。

罪人の口書や口上書は取り調べをする同心か与力が書き、吟味方にまわされ、その後、例繰方で法に照らし合わせたうえで罪状が適用される。町奉行はこれを調べて裁決する。

「半蔵は件の日、秋月家が総がかりで二人のご子息を捜しに行ったとき、どこを捜していたかわかるか？」

「どこ……」

六之助は薄い眉を動かし、目を細め、

「大横川沿いの河岸道だったはずです」

と、言った。

「はず……」

伝次郎は眉宇をひそめた。

「そこまでは聞いていませんし、調べる必要もなかったのです。半蔵はおのれがやったことを認めたのですから。それに懐《ふところ》には殺しに使った紐がありました」

「どんな紐だ？」

「浅黄色《あさぎいろ》の下緒《さげお》でした。これを使って殺めたのかと聞けば、半蔵はそうだと認めたのです」

「はっきり自分の手で絞めたと言ったか？」

「渋々とうなずいて認めました」

伝次郎はかっと目を見張った。

「うなずいただけか？　自分がやったとは言わなかったのだな」

「うなずけば、認めたのも同然でございましょう」

伝次郎は言葉を返さず、別のことを聞いた。

「半蔵はどこで二人を殺めたと言った？」

六之助は短く視線を動かし、

「それは、聞く必要がないと考え詮議《せんぎ》していません」

と、苦渋の顔になった。

「林、どこで殺しを行ったかは大事なことだぞ。それに、おかしいと思わなかったか？　自分で殺めた二人の子供を川に流し、そしてその二人を川のなかから引き上げたのだ。何故、半蔵はわざわざそんなことをしたのだ？」

「そ、それは……」

六之助は言葉に詰まった。

伝次郎はため息をついた。

「おれは半蔵に二度会った。やつはおのれで二人を殺したとははっきりは言わなかった。他のことを問うても、首を振ったりうなずいたりだ。さらに、数馬殿と佑馬殿の死を悼《いた》むような涙を見せた」

「やつは口数が少ないのです。それによく泣きます」

「泣こうが口数が少なかろうが、おのれの口ではっきり罪を認めさせなければならんのだ。まさか、調べに業《ごう》を煮やし殺しの罪を押しつけたのではあるまいな」

「馬鹿な……そんなことは……」

「ないと申すか」

伝次郎は六之助を強くにらんだ。

「ありませぬ」

伝次郎は内心でため息をつき、

「明日、裁許帳《さいきょちょう》を見せてもらう。それ次第では、林、おぬしに調べの助を頼むかもしれぬ」

と、声を低めて言った。

六之助は驚いたように目を見開いた。

裁許帳は正しくは「御仕置《おしおき》裁許帳」と呼ぶ。牢屋敷に入れられた囚人の記録である。当然、六之助の口書がそれに記載されている。半蔵の仕業だったとするには解《げ》せぬことが多い。では、これにて」

「林、言っておく。

伝次郎は腰を上げた。

「待ってください」

立ち上がった伝次郎は六之助を見下ろした。

「半蔵の裁きは終わっているのですよ」

「わかっておる」

伝次郎はそのまま六之助の家を出た。

五

おたきはその日、秋月家の奉公からいつもより早く帰ってきた。このところ忙しかったので奥様の計らいだった。

帰ってきてすぐ客があった。この夏まで秋月家に奉公していた安川鶴だった。

「お達者そうで何よりです。今日はいかがなさいました?」

おたきは急ぎ茶を淹れて鶴に差し出した。

鶴の訪問の意図は、半蔵の件だった。

「南御番所の沢村様にお骨折りいただいていますけれど、わたしたちが目安箱に入れた訴状のおかげだと思うのです。今日も沢村様が見えて、あれこれ聞かれたのですけれど、あとでよくよく考えてみれば、半蔵さんが数馬様と佑馬様を殺めたという証拠は何もありません」

「たしかに……」

おたきは凜《りん》とした顔に澄んだ目を持っている鶴を見つめて答えた。

「あの訴状は半蔵さんの助命嘆願でしたね」

「半蔵さんがあんな恐ろしいことをするなんて信じられないからです」

「それはわたしも同じです。さりながら、御番所の調べでは半蔵さんの仕業となりました。わたしたちが半蔵さんは無実だといくら騒いでも、それはわたしたちの思いだけで、半蔵さんの無実を証すものではありません」

「おっしゃるとおりです。そのことはわたしもわかっています。それでも、御番所は動いてくれています。それはわたしたちの思いが通じたからではないでしょうか」

鶴は出された茶に少し口をつけて、おたきに目を向けた。

「おたきさん、教えて。何故、あなたは半蔵さんの仕業ではないとお考えになったの？　それも半蔵さんに裁きが下ったあとのことでしたね」

たしかにそうだった。

半蔵が裁かれたあとで、おたきは遅きに失したと思った。でも、じっとしておれなくなり、鶴に相談した。

するとと鶴も半蔵の仕業ではないと思うと言った。だからおたきは鶴に、無理なことかもしれないが何もしないよりましではないかと考え、訴状を書いてもらった。それは半蔵に対する二人の思いだった。せめてもの救いになればよいと思い、したためた訴状を評定所の目安箱に入れたのだった。それが町奉行所に回ってきた。

「なぜ、半蔵さんではないと、おたきさんは思われるのかしら?」

おたきはいろいろありますと言って、少し考えてからつづけた。

「あるときでした。半蔵さんが奉公人として雇われて間もなくのことでした」


おたきは初めて半蔵が屋敷に来たとき驚いた。なんと大きな人だろうかと。そして恐怖した。こんな大きな人を怒らせたら大変なことになると思い距離を置き、触《さわ》らぬ神に祟《たた》りなしの体《てい》だった。

ところが半蔵は身体こそ大きいが、気の小さな男だというのを知った。おとなしくて寡黙で、命じられたら何でもやる男だった。

だから、おたきも少しずつ声をかけるようになった。声をかけると、半蔵は照れたように頬をゆるめた。

返ってくる言葉は「へえ」とか「そうです」といった短いものだった。そんな半蔵に数馬と佑馬が懐《なつ》くのに時間はかからなかった。

半蔵もそんな幼い子供に慕われるのが嬉しそうだった。いつも庭仕事や雑用ばかりをしていた半蔵だが、おたきが洗濯物を取り込みに行ったとき、

「半蔵さんは庭いじりがお好きですね」

と、声をかけた。

庭木の剪定をしていた半蔵はゆっくり振り返り、

「あっしはやっと好きなことができるようになりました」

と、いつになく嬉しそうな顔をして、白い歯をこぼした。それは何ともいえぬ柔和《にゅうわ》な顔だった。

「好きなことって……?」

「あっしは貧乏百姓の生まれで、嬉しいことや幸せを感じたことはありません。どこへ行っても馬鹿にされ、冷たく扱われました。だけど、それがあっしに与えられ

た天の定めですから文句は言えません。どんな仕打ちを受けようが飯は食えますから。飯だけ食えれば十分です」

半蔵はそう言ってもの悲しそうな笑みを浮かべた。

「半蔵さん、あんたよくしゃべるじゃない」

おたきは正直そう思った。半蔵がこんなに話をするとは思っていなかったから、意外な気がした。

もっとも半蔵の話し方はたどたどしく、つっかえはしないがじれったいほど鈍かった。そのことを半蔵は知っているから、他人と話すのが苦手で寡黙なのだと、おたきは解釈した。

「おたきさんはいい人ですから……」

半蔵はへへッと照れ臭そうに笑った。

「好きなことができると言ったわね。それは何？」

思いがけなく庭での立ち話になったが、おたきはもっと半蔵のことを知りたくなった。

おたきの問いかけに、半蔵は背中を見せ、海棠《かいどう》の花をそっと撫でた。

「花はじっとここにいて静かに咲いて散ります。木の葉も何ひとつ文句を言いません。そこにある木も、ここに咲いている花も……」

半蔵はそう言って松の木を指さし、足許に咲いている蓮華草《れんげそう》に視線を向けた。そして飛んでいる蜜蜂《みつばち》を見て、

「花も木も、虫も生き物です。欲はありません。それでも必死に生きています。あっしはそんな木や花や虫たちを見て仕事ができ、生きていられる。ここに来てわかりました。殿様に声をかけられて、ほんとにありがたやありがたやです」

と、言って拝むように手を合わせた。

「花も木も虫も文句を言いませんからね」

「そうです。花は散って静かに土に還《かえ》ります。木も虫もそうです。あっしもそうやって死ぬんです。それでいいと思っています」

「半蔵さんはやさしい心をお持ちですね」

おたきは心の底からそう思った。

この人は純粋無垢《むく》なのだと思わずにはいられなかった。

「あっしは能なしの役立たずですから……」

半蔵は小さく笑《え》んでしゃがみ、草むしりに戻った。

それを機に、おたきと半蔵は短いながらも言葉を交わすようになった。台所に半蔵が来れば、蒸《ふ》かし芋をわたしてやった。薪割りをしていると、半蔵が代わってもくれた。


「わたしも半蔵さんが、仏のような心をお持ちだというのは気づいていました。そう、そんなことがあったのですね」

おたきの話を聞いたあとで、鶴は感心顔をした。

「でも、それだけで半蔵さんを救うことはできないのですね」

「おたきさん、そうなのです。だから、半蔵さんの無実を証すようなことを見つけなければならないのです。何か思い出せないかしら」

鶴にじっと見つめられたおたきは、深く考え込んだ。

六

伝次郎は翌朝早く、川口町の自宅屋敷を出た。千草には調べたいことがあるので、出かけてくると告げ、高鼾《たかいびき》で寝ている与茂七には何も告げなかった。

ただ言付けはしてある。粂吉といっしょに南辻橋へ来るようにと。千草に何刻《なんどき》と伝えればよいかと問われ、五つ（午前八時）でよいと答えておいた。

伝次郎はゆっくり猪牙舟を操っていた。まだ寒い時季ではない。雪駄《せった》と足袋《たび》を脱いで、艫に立ち猪牙舟を進める。

餌を探している白鷺《しらさぎ》が水辺に何羽も見られた。朝靄《あさもや》が漂っており、東雲《しののめ》は夜明けを告げるように赤紫に染まっていた。

箱崎川から大川を横切るようにわたり、万年橋《まんねん》をくぐって小名木川に入った。波穏やかな水面は早朝の空を映し取り、ときおり爽快な風が頬を撫でてゆく。岸辺には薄や彼岸花《ひがんばな》が見られるが、河岸道には人の姿はほとんどない。

まだ、七つ半（午前五時）をまわった時刻だ。伝次郎はもう一度おたきから話を聞きたいと思い、早く家を出たのだった。

おたきは通いの女中である。秋月家に毎朝、何刻に通うのかわからない。屋敷を訪ねるには断りを入れなければならないし、おたきの仕事の邪魔をすることになる。だから、おたきが長屋を出る前に会おうと考えたのだ。

新高橋から大横川に入ると猪牙舟を北上させ、南辻橋をくぐって花町河岸につけた。東の空に浮かぶ雲間から、光の条《すじ》が射したのはそのときだった。とたん、川面が水晶のようにきらきらと光り輝いた。

「早くにすまなんだ」

おたきを訪ねると、伝次郎は早朝の訪《おとな》いを詫びた。

「いえ、もうわたしは起きていましたので……」

おたきはすでに着替えを終えて、出かける前のようだった。

「聞きたいことがあるのだ。手間はかけぬ」

「どうぞご遠慮なく。お屋敷に行くには少し早いですから……」

おたきはそう言って家のなかにいざない、茶を出してくれた。化粧気のないその顔は少しやつれて見えた。三十半ばらしいが、もっと老けて見える。

「秋月様の二人のご子息がいなくなったときのことだ。そのことにいち早く気づいたのは誰であろうか？」

「……お定さんだったはずです」

おたきは少し考えてから言ってつづけた。

「たしかそうです。お定さんは腰元を兼ねていますから、殿様の身のまわりの世話もされますし、数馬様と佑馬様の面倒もよく見ていらしたので……」

「お定は二人を捜しに出たのだろうか？」

「遅れて捜しに行かれたはずです」

伝次郎はお定から話を聞かなければならないと思った。

「そなたも捜しに出ているが、南辻橋の近くで不審な影を見なかったか？　あるいは新辻橋《しんつじ》か、三ツ目之橋の近くで……」

新辻橋も三ツ目之橋も竪川に架かっているが、秋月家からほどない距離だ。

「あのときはもう薄暗くなっていましたし、風と雨が強くて遠くを見ることはできませんでした。だから見なかったと思います。でも……」

「なんだ？」

「昨晩、鶴様が見えられて、半蔵さんの無実を証すものはないかと聞かれたのです。それでよくよく考えたのですけれど、数馬様と佑馬様は紐で首を絞められていました」

「そうだ。使われたのは刀の下緒だ」

「そうでした。半蔵さんは刀は持っていませんでした。殿様がお城に行かれるときなどは槍を持たされていましたが、半蔵さんは下緒など持っていなかったはずです」

伝次郎はキラッと目を光らせた。

「それはたしかだな。半蔵がどこかで手に入れられるようなことはないだろうか？」

「ないと思います。もし、控えの下緒があったとしても、それは殿様の寝所《しんじょ》か書院に行かなければないはずです。半蔵さんはそんな部屋に行くことはできないし、行ったこともないはずです」

「若党や家士を務める奉公人は刀を持っているな」

「お持ちです」

「その者たちの部屋に半蔵が忍び込んで、下緒を手に入れることはできるか?」

「やろうと思えばできるかもしれませんが、半蔵さんがみなさんの部屋に行くことはなかったはずですし、他の方は半蔵さんを小馬鹿にして近づけていません。長屋で酒盛りをされることもありますが、半蔵さんが呼ばれることはなかったようです」

すると、奉公人のなかに下手人がいるかもしれぬ。伝次郎は顔を引き締めた。

「奉公人のなかに数馬殿と佑馬殿を嫌っていた者、あるいは殿様か奥様を恨んでいたような者はいなかっただろうか」

伝次郎はまばたきもせずにおたきを見つめる。

おたきは短く考えていたが、

「いまは何とも申し上げられません。ただ、殿様と奥様に腹を立てていらした方があったかもしれません。たしかなことは言えませんので、少しお待ちくださいませんか。わたし、他の奉公人に聞いてみますので……」

と言って頭を下げた。

「頼む。それからお定に会いたいがいかがすればよい?」

「あの方は住み込みですけれど、暇は作れます」

「では八つ（午後二時）頃はどうだ？」

その刻限なら中食《ちゅうじき》の片づけも、家の掃除なども一段落しているはずだ。

「大丈夫だと思います」

「裏の勝手口で八つに待っている。その算段を頼む」

おたきは承知したと言ってうなずいた。

伝次郎はそろそろ屋敷に行くというおたきといっしょに長屋を出た。秋月家に着くまでおたきは、昨夜、鶴に話したことを語った。

どうやって半蔵と打ち解けていったかというその経緯である。

また、おたきは自分の身の上も話してくれた。大工の亭主がいたが、早くに死に別れ、その後ひとり息子を流行病で亡くしていた。秋月家に奉公にあがって早五年目だと言った。

「では、ここで失礼させていただきます」

そこは屋敷裏の木戸口だった。

伝次郎はおたきを見送ってから、屋敷のまわりをゆっくり歩いた。鳥のさえずりが高まっており、あたりは朝日に包まれていた。

秋月家は約一千五百坪ほどの広さだ。表門の両側には奉公人たちの寝泊まりする長屋があり、厩もある。庭は剣術の稽古や馬に足慣らしをさせる広さがある。

武家方の事件に町奉行所は介入しないが、此度《こたび》は下手人が使用人の半蔵だったので、別扱いで町方持ちとなっていた。

竪川の河岸道に出ると、一膳飯屋でゆっくり朝餉を食べ、それから粂吉と与茂七を待つために南辻橋に足を運んだ。

すでに周囲の町屋は動き出している。商家の大戸が開けられ暖簾《のれん》がかけられていた。行商人の姿があり、道具箱を担いで普請場《ふしんば》に急ぐ大工の姿も見られた。

伝次郎は南辻橋の中ほどに立ち、下流に目を注いだ。雨と風を想像し、事件当時がどうであったかを考える。

「沢村さん」

突然の声に顔を向けると、小者を連れた林六之助だった。剣呑《けんのん》な顔つきで近づいてくる。

第四章　証言

一

「早いではないか」

伝次郎は六之助に声をかけた。

「沢村さんの調べが気に入らぬからです。もう終わったことでしょう」

六之助はにこりともせず、直截《ちよくせつ》に言った。

「おぬしの腹立ちはわからなくもない。半蔵はすでに裁かれた身の上であるからな」

「だったら何故？　まあ、お奉行から話は聞いておりますが……」

「ならば文句はなかろう」

六之助はふんと鼻を鳴らして大横川の下流を眺め、

「それで何かわかりましたか?」

と、伝次郎に顔を戻した。

「これといってわかったことはない。さりながら疑念はいくつもある」

「どんなことです?」

「秋月家には女中を入れて、二十五人ばかりの奉公人がいる。殿様の登城時などには馬の口取り、草履取り、挟箱持ち、中間、槍持ちを除いた侍の家来衆が五、六人従う。おおむねそのようだが、侍の家来衆以外、刀は持っておらぬ」

六之助は何を言いたいのだという顔を向けてくる。伝次郎は言葉を足す。

「数馬殿と佑馬殿に使われた得物《えもの》はなんであった?」

「刀の下緒《さげお》です」

「半蔵は刀を持っていなかった」

ぎょろ目の上にある六之助の薄い眉がぴくっと動いた。

「半蔵は下緒をどこで手に入れたのだ?」

「………」

「聞いておらぬか」

「やつは下緒で首を絞めたことを認めたのです」

「はっきりそう申したか？」

「念押しをして問い糾しております」

「侍の家来衆に聞き取りはしたのだろうな」

「何人かには……」

伝次郎は目を細めて六之助を見た。

「ひとり残らず聞いたわけではないのか……」

「もはやその必要はなかったからです」

「半蔵が持っていた下緒はまだあるな」

「御番所に行けばあります」

伝次郎は奉行所で下緒を手に入れようと考えた。

「半蔵の調べは橋番屋で行ったのだったな。そのときそばにいたのは誰だ？」

六之助は連れている小者を見た。

「徳蔵《とくぞう》、覚えているか？」

声をかけられた徳蔵は、おどおどした顔を伝次郎に向けて、

「家士が三人ほどいました。名は忘れましたが……ひとりは覚えています。たしか、砧半兵衛と言ったはずです」

と、答えた。

「他には？」

「橋番屋は狭いんで、戸口の外に二人の若党がいました」

「沢村さん、しつこく調べ直すことはないでしょう。お裁きをなさったお奉行だって、半蔵の仕業に間違いないとお考えなんですから……」

「調べに過ちはなかったと、お伝えすればすむとでも言いたいか」

「それでよいと思います」

伝次郎は六之助を強くにらんだ。

「人の命に関わることなのだ。疎《おろそ》かにはできぬ。おれの調べはお奉行からの下知だ」

六之助は黙り込んだ。

「調べの助をするならともかく、警《いまし》めに来たのなら邪魔だ」

伝次郎は六之助に背を向けて、橋の西詰にある茶屋に向かった。

「てめえ、余計なことを言いやがって」

背後で六之助の怒った声がし、どすっと肉をたたく音がした。同時に徳蔵という小者の悲鳴がした。

伝次郎が振り返ると、徳蔵が必死に尻をさすっている。それなのに六之助は、もたもたするなと手にした十手で、徳蔵の太股のあたりをたたいた。

伝次郎が茶屋の床几に座ると、六之助は顔も向けずず目の前を歩き去った。その後ろを徳蔵が、泣きそうな顔で尻と太股をさすりながらついていった。

伝次郎は冷めた目で見送り、小女《こおんな》に茶を注文した。

粂吉と与茂七がやってきたのは、それから間もなくだった。

「旦那、林さんに会いましたよ。この辺で調べものでもやってんですかね」

与茂七が声をかけてきた。

「さあ、与《あずか》り知らぬことだが、おれの調べを気に入っておらぬようだ」

「それじゃ、何か文句でも……」

粂吉が隣に腰掛けて聞く。

「まあ、気持ちはわからなくもないが、やつの調べには瑕疵《かし》がある」

「調べに瑕疵……？」

「見落としか、調べに不備があるということだ。おそらくな。だが、やつはぼろを出した。おれに忠告しに来たつもりだろうが、とんだ藪蛇《やぶへび》だ」

伝次郎はふっと口の端に笑みを浮かべ、

「粂吉、秋月家を去った三人の浪人を見張ってくれ。その三人の刀の下緒がどうなっているかも知りたい」

「下緒……？」

「半蔵は下緒を使って数馬殿と佑馬殿の首を絞めたことになっている。さりながら、半蔵は刀を持っていなかった。そのことをたしかめたい」

「下緒がなかったら……」

「おれに知らせればよい。与茂七、菊川橋の番屋で、半蔵が調べを受けたときのことをもう一度詳しく聞いてきてくれ。おれは一度御番所に行ってすぐに戻ってくる。また、ここで落ち合おう。おそらく昼には戻ってくる」

伝次郎は指図をして、自分の猪牙舟に向かった。

二

伝次郎は与力詰所の隅で、例繰方から借りた半蔵の裁許帳に目を通していた。裁許帳は口書を元に整理されて記載される。それを読むかぎり半蔵の犯行に偽りはなかった。

しかし、口書を取ったのは林六之助である。調べにあたって都合よく書かれているとすれば、それは問題である。

裁許帳を三度繰り返して読み終えた伝次郎は、小さな吐息を漏らし、宙の一点を凝視し、半蔵の顔を脳裏に浮かべた。

半蔵は口数が少ない。気を許せる相手にはそれなりに口を開くようだが、厳しい取り調べには寡黙だったはずだ。咎め立てをして、罪を認めるように強要すれば、そうだというようにうなずいたかもしれない。

裁許帳を例繰方に返すと、半蔵が犯行に使った得物を見せてもらった。

刀の下緒である。

特段目立つものでもなく高直《こうじき》なものにも見えなかった。浅黄《あさぎ》色の綿である。長年使っていたらしく色があせていた。

しかし、伝次郎はその下緒を見た瞬間に眉宇をひそめた。てっきり大刀《だいとう》の下緒だと思い込んでいたが、脇差用の下緒だったのだ。

大刀の下緒はおおむね五尺（約一五二センチメートル）だが、脇差は二尺五寸（約七六センチメートル）だ。

胸のうちに疑問を残して表門に向かっていると、同心詰所から出てきた萩尾《はぎお》という臨時廻り同心に声をかけられた。

「なんだ沢村、またお奉行のお指図を受けたか」

萩尾は伝次郎より五、六歳上の先輩同心だった。以前は定町廻りだったが、年齢的なことを考慮されたのか、臨時廻りに配置されていた。臨時廻りは定町廻りなどの応援部隊で、経験を生かして指導にもあたる。

「まあ、そんなところです」

伝次郎が答えると、萩尾は急ぎでなかったら少し話をしようと誘った。門そばの腰掛けが空いていたので二人はそこに並んで座った。

「何を調べているのだ？」

「秋月市右衛門様のご子息を殺めた半蔵という男のことです」

「あれは裁かれたのではないか。たしか林六之助の手柄だったはずだ」

萩尾は暇なのかのんびり顔でつづける。

「六之助は張り切っておるだろう。会ったか？」

「何度か」

「あれは下馬廻りにおったが、剣の腕が立ち、若いわりには肚《はら》の据わったところがある。空きが出たので定町廻りに引き抜かれた男だ。なかなか見所があると見ているが、まだ若いというのが気にはなる」

「肚の据わった男ですか。なるほど……」

伝次郎は六之助の顔を思い浮かべた。

「東軍流《とうぐんりゅう》の遣《つか》い手《て》でな。試合でも負け知らずだという。それだけ腕に自信があるから肚が据わっているのだろう」

東軍流は一対多数の戦いに有用で、乱戦に通用する剣術だと言われている。有名どころで言えば、赤穂《あこう》浪士の大石内蔵助《おおいしくらのすけ》も東軍流の練達者《れんたつしゃ》だった。

「はたらきはよいのでしょうか？」

「まあ定町廻りに入って日が浅いのでなんとも言えぬが、功を焦った詮議をやるのが気になるという話を耳にいたした」

「下馬廻りから定町に移っていかほどでしょう？」

「三月《みつき》ぐらいであろうか」

伝次郎は鳶の舞う空を見上げた。

下馬廻りから定町廻りに来たというのは、ある意味出世と言ってもよい。そこで手柄を上げれば、まわりの信頼も厚くなる。

萩尾は、六之助の詮議が甘いようなことを口にした。半蔵のときもそうだったかもしれない。

萩尾とは短い世間話をして別れたが、六之助の噂を聞いて、半蔵の罪を考えた。六之助は功を焦り、疎かな詮議をしたのかもしれない。そうでないことを願うが、反抗的な目を向けてくる六之助に対する心証は決してよくない。

待ち合わせには早かったが、南辻橋近くの茶屋に戻ると、与茂七が団子を食べながら茶を飲んでいた。

「旦那、早かったですね」

与茂七は口に入れていた団子を茶で喉に流し込んだ。

「どうであった?」

「橋番はよく覚えていましたよ。林の旦那が半蔵を召し捕らえに来たとき、半蔵は血だらけだったそうです」

「血だらけだった?」

「へえ、秋月の殿様は死んでいた我が子を抱いて屋敷に引き取られたそうですが、縄で縛られた半蔵は、よってたかって責められ殴られたそうです。やったのは家士です。例の三人ですよ」

「浅利長九郎たちだったと……」

「さいです。大事なご子息を殺したんですから、殿様に代わって折檻したようです。半蔵は唇を切り、鼻血を噴き出していたそうです。殴られても抵抗もせず、責める言葉を浴びせられても言い返すことはなかったと。橋番はやりすぎだと思ったらしいですが、相手は二人の子供を殺した悪人ですから黙っていたそうで……」

伝次郎はそのときのことを勝手に想像した。半蔵は言い返せなかったのかもしれない。上から強く言われると、間違いや誤解があっても黙って受け入れる者がいる。これまでの話を聞いている印象から、半蔵はそういう男に思える。

「そのとき、長九郎たちの他に戸口そばに若党がいたらしいが……」

「二人いたそうですが、見て見ぬふりをしていたようです」

「その者たちの名は？」

「聞きましたがわからないと橋番は言いました」

伝次郎は対岸を歩く数人の男たちを見て、秋月家で聞けばわかるはずだと思った。

「粂吉はまだ来そうにないな。行ってみるか」

伝次郎はそう言って、注文を取りに来た茶屋の小女に、もう行くのでよいと断った。

三

粂吉は万平店に近い茶屋で見張りをつづけていた。伝次郎と与茂七に気づくと、床几から立ち上がって首を横に振った。目あての三人は、長屋にいないらしい。

「昨夜から家を空けているようで、行き先はわかりません」

伝次郎が近づくと粂吉が報告した。

「するといつ帰ってくるかもわからぬか」

「今日か明日か、わかりません。ときどき二、三日家を空けることがあると、長屋のおかみから聞きました。あの三人はいつもいっしょに出歩くと言います。どうしましょう？」

伝次郎は万平店の木戸口を見た。姉さん被《かぶ》りをしたおかみが、桶を抱えて入っていくところだった。

「無駄骨になるかもしれぬが、少し待つか」

伝次郎はそのまま床几に腰をおろし、やってきた小女に茶を注文したあとで、町奉行所で裁許帳を読んだことと半蔵が殺しに使ったという刀の下緒の話をした。

「脇差の下緒だったのですか……」

話を聞いた粂吉は意外だという顔をした。伝次郎もてっきり大刀の下緒だと思い込んでいたので無理もない。

「半蔵は槍持ちをやっていたんですよね。そのとき脇差は差さないんですか？」

与茂七だった。

それは疑問である。大名家の槍持ちなら大小を差して槍を持つが、秋月市右衛門は旗本である。果たして、従者として槍持ちになった半蔵に大小を差させたかどうか疑問である。もし、大小を差していたとしてもそれは形だけのことで、用がすめば市右衛門に返したはずだ。

「あとでたしかめてみよう」

伝次郎はそう答えるに留《とど》めた。

「与茂七、橋番から話は聞けたのか？」

粂吉が問うた。聞かれた与茂七は、伝次郎に伝えたことをそっくり話した。

「そんなにこっぴどくやられても、半蔵は抗《あらが》わなかったのか？」

粂吉は与茂七を見る。

「らしいです。殴られようが怒鳴られようが、黙っていたそうで……」

「そんな手ひどいことをやったのか」

「林の旦那が来たときには、顔中血だらけだったらしいです」

伝次郎はあることを思いつき、粂吉を見た。

「粂吉、林六之助についている小者は徳蔵という者だが、知らぬか？」

「徳蔵ですか？　いえ、ぴんと来ませんが……」

「近づいて話を聞くことができればよいのだが、できぬか……」

「話を聞くだけならできると思います。同心の旦那についている小者なら、話をするぐらい造作《ぞうさ》もないでしょう」

「やれるか？」

「へえ。小者同士横の繋がりがありますから」

「ならば頼まれてくれ。六之助が半蔵を調べたときの様子を知りたい。六之助はおれに反感を持っているから、あやつから話は聞けないだろうが、徳蔵なら話してくれそうだ」

伝次郎は徳蔵が六之助から虐《しいた》げられていると感じている。徳蔵が六之助に悪感情を持っているなら話してくれるかもしれぬ。

「されど、数馬殿と佑馬殿がどこで殺されたかだ。それがわからぬ」

伝次郎はいつしか雲の多くなった空を見てつぶやいた。

「おっと」

そう言って足を止めたのは、浅利長九郎だった。町の角を曲がり法恩寺橋をわたる手前だった。

「どうした？」

砧半兵衛が顔を向けてきたので長九郎は、目顔で橋の先に注意をうながした。

「昨日の町方ですよ」

半兵衛も気づいた。

自分たちの長屋のそばにある茶屋で、沢村伝次郎と二人の手先が何やら話をしていた。

「面倒くせえな。ちょいと暇を潰《つぶ》そう」

半兵衛はそう言って伝次郎たちに気づかれないように、来た道を引き返した。

「どうするんで……？」

長九郎は半兵衛に聞いた。

「また半蔵のことを調べてるんだろう。いちいち答えるのは面倒だ。おれたちに話すことなんてもうないんだ」

半兵衛はそう言って、目についた一膳飯屋に入ろうと、長九郎と磯貝次兵衛に誘いかけた。

「昼には少し早いがいいだろう」

長九郎も次兵衛も黙って従う。

入った店は幅広の床几を土間に並べてあるだけで、入れ込みはなかった。表の見える隅《すみ》に座ると、店の女がやってきたので、酒とちょっとした肴《さかな》を注文した。

「半兵衛さん、なかなかいい殿様はいませんね。こんなことなら秋月の殿様んとこで年季延ばしをすりゃよかったかな」

長九郎は運ばれてきた酒に口をつけた。酒はそれぞれぐい呑みにつがれていた。

「たわけが。したくてもできなかったであろう。殿様に愛想をつかされたんだ。てめえが粗相をしたおかげでな」

半兵衛は渋面をして酒に口をつける。

「粗相って……」

長九郎は黙り込んだ。中山秀太郎《なかやまひでたろう》という若党が秋月家にいた。年下のくせに生意気な男だった。指図をすれば反抗的な目を向けてきて、自分でやれと言ったりもした。それが気に食わなかったので、ときどき嫌がらせをしたが、逆らってきたので、こっぴどくたたき伏せてやった。

だが、そうしろと言ったのは半兵衛だった。それなのに、秋月市右衛門から咎めを受けると、半兵衛はおまえがやり過ぎるからいけないんだ。話して言い聞かせればすむことだったのにと、市右衛門の肩を持つようなことを言った。

「あれは半兵衛さんが腹に据えかねるから、やれって言ったんじゃないですか」

長九郎は言葉を返した。

「あそこまでやることはなかったのだ。手加減を知らぬやつだ。だが、もうすんだことだ。忘れるしかあるまい。そうとんがった顔をするな」

半兵衛は宥《なだ》めるように長九郎の膝をたたき、

「奉公先が決まらなきゃ、他のことを考えるか」

と、思案顔をした。

「何かあるんですか？」

次兵衛が猪首を突き出すようにして半兵衛を見た。

「年季奉公ばかりじゃ埒があかぬ。いつまでも三一《さんぴん》暮らしはしておれんだろう。もっとましなことをして金を稼ぎたい」

「まさかどこかの商家に押し入るってんじゃないでしょうね」

長九郎が言うと、とたん、半兵衛が冷めた目で見てきた。

「だからおぬしは考えが足りぬのだ。そんなことをしてお縄になったら、目もあてられぬだろう」

「へえ、そりゃそうで。すると、何かいい稼ぎ口があるんで……」

長九郎は半兵衛を見る。半兵衛は胡散臭《うさんくさ》いところはあるが、やはり頼れる男だった。知恵者であるし、自分より世渡りもうまい。

「女だ」

半兵衛はそう言って片方の口角《こうかく》を上げて笑んだ。

「女の世話をする」

「世話をしてどうするんです？」

「遊女《ゆうじょ》屋に預けるんだ。前々から考えていたんだが、これが最後の切り札になるやもしれぬ」

「それじゃ、女衒《ぜげん》仕事を……」

次兵衛が目をしばたたく。

「早い話がそうだ。背に腹は代えられぬ」

長九郎はまじまじと半兵衛を見た。

「いい金になる。それは請け合う」

半兵衛は目で笑わず、ふふっと、鼻で笑って「乗るか」と、聞いた。

「金になるならやりましょう」

長九郎は即答した。

「おい」

次兵衛が窓の外を見て注意をうながした。沢村伝次郎と二人の手先が歩き去るところだった。

「いまさら半蔵のことをほじくってどうなるんだ」

長九郎は三人を見送りながらつぶやいた。

四

伝次郎は八つ前に秋月家の勝手口のある通りに入った。粂吉には六之助の小者・徳蔵に接触するよう指図していたので、与茂七だけを連れていた。

勝手口と言っても、小さな木戸門があるので、裏門と言ってもよかった。その前に近づいたときに、木戸門が音もなく開き、おたきが出てきた。すぐに伝次郎に気づき、

「こちらです」

と、声をかけてきた。

「今日は殿様はお役目で屋敷にはいらっしゃいませんので、どうぞお入りくださ い」

おたきは屋敷内へいざなおうとしたが、伝次郎はここでいいと断った。主の留守をいいことに勝手に入るのは気が引けるものがある。

「お定という者は?」

「では、呼んでまいります」

おたきは屋敷のなかに戻ったが、すぐにひとりの女を連れてきた。お定さんですと紹介する。

「お話は伺っております」

お定は伝次郎をまっすぐ見てきた。女にしては大柄で肥えていた。

「二人のご子息がいなくなった日のことだが、覚えているだろうか？」

「あの日のことでしたらよく覚えています。ですが、数馬様と佑馬様がいつ屋敷を出て行かれたのか、それはわかりません。二人がいないことに気づいたのはわたしですが……」

「そなたが気づいて殿様に知らせて騒ぎになった」

「さようです。もう大騒ぎでした。殿様はあのお二人を、それはそれはご寵愛《ちょうあい》でしたから」

「そのとき屋敷にいた奉公人はみんな出払ったのだろうか？」

「わたしも遅れて捜しに行きましたけれど、それはみなさんが表門を出ていくのを見送ったあとでした」

「そのとき半蔵の姿も……」

「はい見ております。大きな人なので、いやでも目につきますから」

「捜しに出る奉公人たちより先だったろうか？」

「いえ、半蔵さんの前に飛び出した人が何人もいます。半蔵さんはみなさんに遅れて門の外に出られました」

伝次郎は気になった。

半蔵は遅れて屋敷を出ている。だが、他の者より早く数馬と佑馬を見つけて殺め、川に飛び込んだということになるが、あまりにも手際がよすぎる。

「半蔵といっしょに捜した者がいたかどうかそれはわからぬか？」

「それは……わかりません」

お定は少し考える目をして答えた。

「騒ぎが起きて、二人を抱いた半蔵を見つけたのはいかほどたってのことだった？」

これにもお定は少し考えてから答えた。

「おそらく小半刻もたっていなかったはずです」

隣にいるおたきもそうだと言って、捜しに出て間もなくのことだったと言葉を足した。

すると、秋月家総出で捜しに出る前に、数馬と佑馬は殺されていたと考えるべきかもしれない。

「騒ぎの起こる前に、屋敷にいなかった奉公人はなかっただろうか？」

伝次郎はお定とおたきを交互に眺めた。二人は顔を見合わせてから、

「そんな人がいたかもしれませんが、よくはわかりません」

と、お定が答えた。

「半蔵は川のなかで二人を抱きかかえて岸に上がったらしいが、それはどの方角だった？　南辻橋のほうから半蔵はやってきたのか？　それとも、菊川橋のほうから上がってきたのだろうか？」

これは確認していなかったことで、伝次郎は南辻橋かその近くから数馬と佑馬が投げ落とされたと思い込んでいた。

「南辻橋のほうです。わたし、ずぶ濡れになって泣きながら上がってくる半蔵さんを見ていたので間違いありません」

おたきが答えると、お定もそうでしたと言った。

やはり、数馬と佑馬は南辻橋、あるいはその近くで殺されて川に流されたのだ。

「二人は刀の下緒で首を絞められたのだが、半蔵は殿様が外出をされる際、槍持ちをやっていたそうだな。そのとき、刀を差しただろうか？」

伝次郎は問いを変えた。

お定とおたきは顔を見合わせた。答えたのはおたきだった。

「半蔵さんは槍だけで、刀は差されませんでした」

「脇差を持っていただろうか？」

「いいえ。あの人は刀など持っていませんでした」

おたきは確信のある目をして言った。

「では、半蔵が下緒を手に入れたとしたら、どこであろうか？」

「そんなことはわかりません。ねえ」

おたきはお定に同意を求める。お定もわからないと言った。

「でも、刀を持っている奉公人はいるんだな」

それまで黙って聞いていた与茂七だった。

「もちろんいます。あのときは六人です。年季明けでやめた三人と、いまも奉公中の若い侍です」

「殿様の供につくときの若党だろうか？」

伝次郎が問うた。

「はい、三人いらっしゃいます」

伝次郎はその三人に会いたくなった。

「もし、半蔵が二人のご子息を殺していないと考えるなら、殺したのは誰であろう。そのことに心あたりはないか？」

伝次郎は真剣な目をお定とおたきに向ける。二人は首をかしげるだけだった。

「ならば。殿様を恨んでいる者はいないだろうか？　あるいは数馬殿と佑馬殿を恨んでいたような者が奉公人のなかにいないだろうか？」

「それは、ないと思います」

おたきが答えた。

「近所の町屋にも？」

「お二人が屋敷から出るときは、誰かが必ずついていました。お二人が町の人と話したり遊んだりすることはありませんでしたから……」

伝次郎は何やら考えているお定を見て、

「何か気づいたことでも……」

と、聞いた。

「殿様はときどき剣術の稽古をなさいます。その相手は家士として奉公されている方たちです。この春でしたか、厳しい稽古をされました。そのときの相手は、年季明けでやめられた人たちでした」

「それは浅利長九郎たちだな」

「さようです。あのとき、砧半兵衛さんもしごかれました。稽古が終わったあとで、半兵衛さんは殿様のいらっしゃらないところで、悪態をついていました。普段はそんな人ではないので、ずいぶん悪《あ》し様《ざま》にいう人だと意外に思ったことがあります。ですけれど、ただそれだけのことです」

お定は話したあとで、気にすることではないという顔をした。だが、伝次郎はいまの話を胸のうちに刻み留めた。

「殿様は留守をされているようだが、三人の若党もいっしょだろうか?」

「いえ、供をされているのは新たに雇われた人なので、三人はいます」

「会えないだろうか」

伝次郎は屋敷の主人が留守でも、もはや遠慮はいらないと割り切った。

五

伝次郎は門長屋にいる若党三人に会った。若党と言っても、武家奉公人である。主人である市右衛門の登城や式日《しきじつ》のときに若党として付き従うだけだ。

それが、中山秀太郎、森新十郎《もりしんじゅうろう》、野路幸三郎《のじこうざぶろう》だった。秀太郎だけが郷士《ごうし》の倅で、あとの二人は御家人《ごけにん》の倅であった。いずれも次男か三男で、歳も二十歳前後である。

三人とも今頃半蔵のことを調べ直すのは、どういうことだという顔をしたが、

「調べに不備があったかもしれぬからだ」

と言う伝次郎の言葉に、三人は互いの顔を見合わせ、

「それで何をお調べになるのです？」

と、聞いたのは森新十郎だった。三人のなかでは一番の年嵩《としかさ》で二十二歳だ。

「数馬殿と佑馬殿を捜しに行ったとき、そなたらはどこを捜した？」

「大横川と竪川の河岸道でした。三ツ目之橋から南辻橋にかけて、それから南辻橋から菊川橋のあたりまででした。みんなそうしていました」

答えたのは野路幸三郎だった。

「南辻橋の近くで不審な影を見なかっただろうか？」

野路は中山秀太郎と顔を見合わせて首をかしげ、

「見なかったと思います。あのときは雨風が強く、それに暗くなっていましたので見通しが利かなかったのです」

と、答えた。

三人の話はこれまで聞いてきたこととほとんど同じだった。与茂七は伝次郎の隣に座り、おとなしく耳を傾けていた。

「半蔵は自分で殺めておきながら、荒れる川に飛び込んで二人を岸に上げたということになっている。それがどうにも腑《ふ》に落ちぬのだ。殺したならそのまま川に落として知らぬ顔をしておればよい。さりながら、半蔵はそうしなかった」

「そう言われると、たしかにおかしいですね」

森新十郎が目をしばたたいて首をかしげた。

「半蔵は数馬殿と佑馬殿を可愛がり、また二人のご子息は半蔵を慕っていたと聞いている。それなのに、半蔵は二人を殺めた。そのこともしっくりこないのだ。半蔵が二人を殺めるには何かそのきっかけがあったはずだ」

三人は首をひねりながら黙り込んだが、

「もしや……」

と言って、伝次郎を見たのは野路幸三郎だった。

「夏の初め頃でしたか、殿様が数馬様と佑馬様にビイドロの金魚鉢を与えられたことがありました。二人は大層喜び、金魚売りから金魚を買って鉢で泳がせて楽しんでおいでだったのですが、ある日、縁側に置いていた金魚鉢が落ちて割れ、金魚が死んでしまったことがあります」

「ああ、さようなことがあった」

幸三郎に新十郎が同調してうなずいた。

「あのとき、数馬様と佑馬様はずいぶん半蔵を責めました。おまえが見ていないからだとか、おまえが粗相をしたからだと、半蔵の頭をぽかぽかと二人で殴りつけたのです。半蔵はわたしではないと言ったのですが、二人は許しませんでした」

「それはいつのことだ？」

幸三郎は少し考えてから答えた。

「二人が殺される幾日か前だったはずです」

伝次郎は口を引き結び、目を光らせた。半蔵はそのとき、二人に恨みを抱いたのか。そうであれば、半蔵には動機があったことになる。

「他に気がつくようなことは……」

伝次郎は三人の顔を順繰りに眺めた。何も気になることはないようだ。

「そなたは、年季が明けてやめた浅利長九郎に痛めつけられたと耳にしたが、仲が悪かったのか？」

伝次郎は面皰《にきび》面の中山秀太郎に聞いた。

「浅利さんもそうですが、砧さんも磯貝さんも郷士の出で、わたしもそうです。こちらのお二人の親は御家人なので、もともと侍身分ですが、わたしはまあ半分は百姓ですから、あの人たちと同じでした。あの三人はわたしをよくからかい、小馬鹿にしました。何度かそれに腹を立てて逆らったのですが、それが気に食わなかったのか、人の目のないところで小突かれたり悪態をつかれました」

「性根が悪いのは砧半兵衛さんだ。浅利さんも磯貝さんも、砧さんの言いなりだったからな。おぬしを袋だたきにするように指図したのは砧さんだったはずだ」

森新十郎だった。

「それはわたしも薄々感じていました」

中山秀太郎はそう言ってから、砧半兵衛は僻《ひが》み根性が強く、些細《ささい》なことでも根に持つ男だと言葉を足した。

「それはわたしもわかっていました。殿様や奥様の前では気に入られるように振舞い、手前どもには見下すような態度で接し、粗相を見つければねちねちと苦言を重ねるんです。相手によって掌《てのひら》を返すような男ですよ」

森新十郎は砧半兵衛にいい印象を持っていないようだ。

「その砧半兵衛が殿様にずいぶんしごかれたあとで悪態をついたと聞いたが……」

伝次郎は三人を眺める。

「殿様は剣術の稽古を好まれますが、そのときは容赦されません。砧さんはたしかにしごかれていました。それというのも、砧さんが技量もないのにむきになって殿様に向かっていくからです。あれはしかたないことです」

　中山秀太郎が言った。

「そのことで砧半兵衛は殿様を悪し様に罵《ののし》ったらしいが……」

　三人はそのことは知らないが、不思議なことではないと口を揃えた。

　その後も、伝次郎はいくつかの問いかけをしたが、これといったことは聞けなかった。

「最後にひとつだけ頼まれてもらいたい。そのほうらの脇差を見せてくれぬか」

　伝次郎は念のために下緒を確認しておきたかった。三人はそれぞれの脇差を見せてくれたが、いずれも不審な点はなかった。

　邪魔をしたと三人に言って門長屋をあとにすると、おたきが屋敷表まで見送りに出てきて、

「沢村様、半蔵さんはやはりどうにもならないのでしょうか？」

　と、哀しそうな顔をし、自分はどうしても半蔵の仕業だとは思えないと言った。

「半蔵を救うも救わぬも、よくよく詮議したうえでのことだ」

「金魚のことを知っているか？」

聞いたのは与茂七だった。

おたきがきょとんとすると、与茂七は言葉を足した。

「殿様が買ってくださった金魚鉢が割れて、金魚が死んだと聞いた。そのとき、半蔵はずいぶんと、数馬様と佑馬様に責められたらしいが……」

「ああ、あのことですか。いいえ、あれは半蔵さんのせいではないのです。金魚鉢が庭に落ちたとき、半蔵さんは近所に使いに出ていて屋敷にいませんでした。そのことをわたしが数馬様と佑馬様に言って聞かせると、お二人はあとで半蔵さんに謝っていました」

「すると、半蔵と仲直りしたということか」

伝次郎だった。

「はい。お二人は半蔵さんを殴ったことを謝って、ごめんなごめんなと言っていました。半蔵さんは謝らないでください、間違いはよくあることだと、あべこべに頭を下げていましたよ」

伝次郎は半蔵に殺しの動機があると思っていたが、そのことはないことになった。

「旦那、どうします?」

与茂七が顔を向けてきたが、伝次郎は黙って歩いた。

六

その夜、粂吉が川口町の自宅にやってきたのは、伝次郎と与茂七がちびちびと晩酌をはじめた五つ（午後八時）過ぎの頃だった。

「徳蔵に会うことができました」

やってくるなり粂吉はそう報告した。

「それでいかがであった？」

「へえ、愚痴を聞かされました。旦那のお察しどおり、徳蔵は林の旦那についたことを悔いていました。邪険に扱われるし、人使いが荒いと」

「粂さん、やりますか」

与茂七が気を利かせてぐい呑みを差し出したが、粂吉は今夜はやめておくと断り、話をつづけた。

「半蔵を捕縛したときのことですが、駆けつけたときはすでに後ろ手に縛られていたと言います。縛ったのは浅利長九郎と砧半兵衛、それから磯貝次兵衛です。その三人が半蔵を押さえたのですが、ずいぶん手荒なことをしたようで、半蔵の顔は青黒く腫《は》れ、口と鼻から血を流していたと言います」

「六之助の調べに半蔵ははっきりと自分が二人の子を殺したと言ったのか？」

「橋番屋での調べでは言っていないようです。泣いて、すまないことをしたと何度も数馬様と佑馬様に謝っていたと……」

伝次郎はぐい呑みの酒を眺めた。粂吉はつづける。

「半蔵が自分がやったと認めたのは、大番屋《おおばんや》での調べのときです。ですが、言葉にしたわけではありません。半蔵は口が重く、首を横に動かすか、うなずくかで、曖昧な返答しかしなかったんで、林の旦那がやったかやらなかったかは首の動きで鑑定したようです」

「なんだと」

伝次郎は眉間にしわを彫った。

「口書も半蔵の証言ではなく、林さんの言うことに半蔵がうなずくたびに取っていったと、さようなことでした」

そのときのことを、粂吉は徳蔵に成り代わって話した。

「半蔵、きさまは数馬殿と佑馬殿を手なずけたが、いつも馬鹿呼ばわりをされ、それを腹に据えかねていた。だから手にかけた。そうであろう！」

取り調べをする六之助は、半蔵の顎を強くつかみ、

「てめえには口があるのだ。しゃべれぬわけではないだろう。いえ、言うんだ！」

と、怒鳴りつけた。

それまでしたたかに鞭《むち》で打ちたたかれている半蔵は、焦点の定まらない目に涙をためていた。

「手間取らせるんじゃねえ！　やったのはてめえだな、てめえがやったんだな」

六之助は半蔵の顎をつかんでいる手に力を入れ、うなずかせた。

「よし、てめえがやったことに間違いはない。それで下緒を使って首を絞めたのだな。そうだな」

半蔵は小さくかぶりを振ったが、

「観念しやがれッ！　ここにいたって白《しら》を切ろうという魂胆《こんたん》なら、石抱《いしだ》きをやるか。

ええ半蔵、てめえは人殺しだ。年端《としは》もいかない可愛い子供を二人も絞め殺したのだ。仕えている主人のご子息を虫けらのように殺した。その証拠にてめえの懐には二人を殺した下緒が入っていた。ええ、言い逃れはできねえんだ。この人殺し野郎！」

六之助はいきり立った顔で白状を迫り、黙り込んでいる半蔵を鞭を使って容赦なくたたいた。上半身裸にされている半蔵の胸や背には、何本もの蚯蚓《みみず》腫れが走り、血がにじんでいた。

「やい、人殺し！　人殺しはこうしてくれる」

肉をたたく鞭の音が、何度も牢内にひびいた。半蔵が悲鳴やうめきを漏らすことはなかった。歯を食いしばって堪えているだけだった。

その場に立ち会っていた徳蔵は、心のうちで半蔵に呼びかけていた。

（半蔵、白状しろ。何もかもしゃべってしまえ。そのほうが楽になる。どう転んでもおまえの首は落とされるのだ）

半蔵は死罪を免《まぬか》れない。殺しに使った下緒という得物が何よりの証拠だからだ。

肉を打つ音が牢内にひびく度に徳蔵は、半蔵しゃべれ、しゃべるんだと何度も呼びかけていた。

鞭打ちをする六之助の顔は鬼のように赤くなっており、額から頬を流れる汗が顎からしたたり落ちていた。鞭打ちの手を休めると、両肩を激しく上下させ、

「てめえは下緒を使って二人を殺した。そうだな。やい人殺し、そうなのだな」

六之助は半蔵の脳天に拳骨《げんこつ》を見舞った。その勢いで半蔵は首をうなだれた。

「よおし、やっと認めやがったか。それでいいんだ人殺し。てめえは屋敷から数馬殿と佑馬殿をおびき出し、そして南辻橋でかねてより用意していた下緒を使って二人の首を絞め、川に突き落とした。ところが、それを屋敷の奉公人たちに見られたと思い、二人を助けるふりをして川に入って岸に抱え上げた。そうすればてめえがやったことにはならないと、浅はかな知恵を出した。おい人殺し、そうなのだな、そうであろう」

半蔵は大きく息を吐いて、

「あっしは、あっしは……」

と、やるせなさそうに首を振り、目にためていた涙をこぼした。

「あっしはなんだ？　人殺し」

「悪いことをしました。お坊ちゃまたちは可哀想なことに……」

「人殺しも後悔の涙を流すってことか。てめえは悪いことをした。数馬殿と佑馬殿を可哀想な目にあわせた。そうだな」

そのときだけ、半蔵はそばで見守っている徳蔵にもわかるように強くうなずいた。

「それが徳蔵が話したすべてです」

条吉はそう言って話を結んだ。

「それじゃ、半蔵が白状したことにはならないのでは……」

与茂七がぐい呑みを宙に浮かしたまま口を開いた。

「旦那、どう思われます？」

条吉が見てきた。伝次郎は厳しい顔つきになって「うむ」と、うなった。聞いたかぎり、半蔵は強制的に罪を認めさせられたことになる。

だが口書には爪印《つめいん》が捺《お》され、すべての罪を認めたことになっている。これを覆すことはできない。

「いかような仕儀になろうが、明日も調べをやるしかない」

伝次郎は大きなため息をついて、ぐい呑みの酒を苦そうに嘗《な》めた。

そのとき、玄関の戸ががらりと開く音がして、千草の声が聞こえてきた。

「ただいま帰りました。あなた、お客様がお見えですよ」

「客……」

伝次郎は誰だろうと思った。

与茂七が立ち上がって玄関に向かい、すぐに声が聞こえてきた。

「これは安川様」

「夜分にご迷惑だと思いましたが、どうしてもじっとしていることができずにまいりました。沢村様はおいでですか」

その声は安川鶴だった。

「どうぞ、お上がりください」

すぐに千草にいざなわれた鶴が座敷にあらわれた。

第五章　下緒《さげお》

一

「気になることを思い出したのです」

　鶴は伝次郎の前に座るなり、そう切り出した。

「この夏のはじめでした。殿様が数馬様と佑馬様に金魚鉢を与えられたことがありました」

「その鉢が割れたことでしょうか……」

　伝次郎が言葉を挟むと、鶴は驚いたように目をみはった。

「ご存じだったのですか？」

「今日そのことを聞いたばかりですが、その鉢にまつわることでしょうか……」

「はい。鉢が割れたとき、金魚もいっしょに死んでしまったのですが、わたしは奥座敷にいてあの鉢が割れた音を聞いたのです。それで気になって縁側に行きますと、鉢が割れ、金魚が日照りの地面で跳ねていました。わたしは急いで庭に下りて金魚を拾い上げたのですが、すでに弱っておりました。井戸端へ行って桶に水を汲《く》み、金魚を入れましたが助かりませんでした。そのことを知った数馬様と佑馬様はひどく嘆かれ、泣きながら誰がこんなことをしたのだとお怒りになり、半蔵さんを咎められたのです。金魚鉢の水替えや餌をあげる当番が半蔵さんだったからです。いえ、気になるのはさようなことではなく、わたしが割れたビイドロの鉢を片づけているときも、数馬様と佑馬様がお嘆きになったときも、その様子を見ていた人がいたのです」

「それは……」

「年季明けでやめられた砧半兵衛さんでした」

伝次郎は眉間にしわを彫った。

「ただ、それだけのことですが、あの方は蔑《さげす》んだような笑みを浮かべていました。

そのことが気になって、もしやと思ったのです」

「金魚鉢を割ったのは砧半兵衛だったんですか？」

与茂七だった。

「それはわかりませんが、人の不幸を見て嘲笑《あざわら》っていたような気がするのです」

伝次郎は腕を組んで短く沈思黙考《ちんしもっこう》したのち、鶴に視線を戻した。

「数馬殿と佑馬殿は、奉公人たちが住んでいる長屋に遊びに行くことはあったでしょうか？」

「あの方たちはやんちゃ盛りですから、ときどき覗《のぞ》いたり声をかけたりしていました」

「どんな声をかけていました？」

鶴は少し躊躇《ためら》うような間を置いて口を開いた。

「どこで覚えてらっしゃったのか、三一とか芋侍などと言われたことがあります。そのことをお知りになった奥様は厳しく注意されましたが、数馬様と佑馬様は邪気《じゃき》のない子供なので、面白がって言ったりと……」

「それは誰に対してでした？」

「家士の方たちです。半蔵さんには不思議とそんなことはおっしゃらずに、半蔵半蔵と親しく呼ばれていたのはたしかです」

「ふむ」

「お役に立てるようなことではなかったかもしれませんね」

「さようなことはありません。数馬殿と佑馬殿を半蔵が川から抱き上げたときのことですが、そのとき鶴殿も捜しに出られていましたね」

「はい、みなさんより遅れて屋敷を出ました」

「半蔵が二人を岸に上げたときの様子を覚えていますか?」

「もちろんです。あのときは十間《けん》(約一八メートル)先も見えないひどい雨でしたが、見つかった見つかったという声を聞いて、わたしが急いでそちらにまいりますと、半蔵さんは尻餅をついた恰好で座り、数馬様と佑馬様を抱いて泣いていました」

「半蔵は橋番屋に連れて行かれたとき、両手を縛られていたのですね」

「浅利さんと磯貝さんが縛ったのです。ずいぶんと声を荒らげて、半蔵さんをひどく打ってもいました」

「そのとき砧半兵衛はどうしてました？」

「あの方は半蔵さんを縛《いまし》める縄を持ってこいとか、橋番屋に連れて行けとか、町方に知らせろと指図されていました。そうそう、半蔵さんの懐から紐を奪い取られたのも砧さんでした」

「砧半兵衛が下緒を奪い取ったのですか……」

「そうです。下緒を奪い取って、これで首を絞めたのか、ひどいことをすると怒鳴っていました」

「そのとき半蔵は？」

「おいおいと泣いてばかりでした」

伝次郎はそのときのことを頭のなかで想像した。数馬と佑馬を殺したのは半蔵ではないはずだ。しかし、真の下手人は深い霧の奥にいてその姿さえ見えない。

「あまりお役に立つような話ではなく申し訳ございませんでした」

「いえ、どんな些細なことでも気づいたことがあったら、また教えていただけますか」

「いろいろとお骨折りいただき、ご苦労様でございます。わたしもそうですが、おたきさんも半蔵さんが数馬様と佑馬様を殺めたことが信じられないのです」

「わかっております」

「遅くにお邪魔いたしました」

鶴が辞去《じきょ》しようとすると、千草がもう少しゆっくりしていけと声をかけた。

「いえ、もう遅いので、これで失礼いたします」

「与茂七、鶴殿を送って行ってくれるか」

伝次郎が言うと、

「それならあっしが……」

と、粂吉が腰を上げた。自分は素面《しらふ》だからと言葉も足す。

伝次郎は粂吉にまかせることにして、鶴を表まで見送って座敷に戻った。

「さっきのお話ですけど……」

千草が湯呑みを片づけながら言った。

「小さな子供にからかわれて、大人げなくも腹を立てる人はいます」

伝次郎はそう言う千草を見た。

「子供は悪気があって言っていなくても、受け止め方は人それぞれですから。そんなことってありますよね」

「まあ、おれもありますよ。こやつ殴ってやろうかと思う子供がときどきいます」

与茂七だった。

「親の躾《しつけ》が悪いんでしょうが……」

千草はそう言って台所に去った。

伝次郎はしばらく宙の一点を凝視していたが、ふと思いついたように、

「明日は浅利長九郎たちに会う」

と、与茂七に顔を向けた。

二

翌朝、伝次郎は与茂七と粂吉を連れて、南本所出村町の万平店を訪ねた。だが、浅利長九郎も砧半兵衛も、そして磯貝次兵衛もいなかった。

「昨日帰ってきたんですけどね、夜になってまた出かけたみたいですよ」

背中に赤子《あかご》を負ぶっているおかみがそう言った。

「どこへ行っているかわからぬか？」

おかみは首をかしげるだけだった。

「いつ戻ってくるかもわからないか？」

与茂七が問うた。

「そんなことはあの人たちに聞かなきゃわかりませんよ。ひょっこり帰ってきたり、ひょっこり出かけたりする人たちですから。何かあったんですか？」

おかみは伝次郎たちを眺める。

「是非にも聞きたいことがあるだけだ。ま、よい。可愛い子だな」

伝次郎が背中の赤子の頭を撫でてやると、おかみは嬉しそうに頬をゆるめた。

「どうします？」

表に出るなり粂吉が聞いてきた。

「やつらの家に忍び込んでみたいが、まあそれはよしておこう」

「旦那、おれが家捜《やさが》ししてきましょうか」

与茂七が隣に並んで言う。

「やめておこう。やつらはあやしいだけで、下手人と決めつけるものはないのだ」

「これまでのことをあれこれ考えると、おれはめちゃくちゃあやしいと思うんですけどね」

「あやしいだけで、やつらの仕業だったとする証拠は何もないのだ」

「ま、そうでしょうが……」

与茂七は粂吉を見て首をすくめ、

「で、どこへ行くんです？」

と、伝次郎に顔を向ける。

「南辻橋だ」

伝次郎は短く応じて足を速めた。

同心時代に先輩同心によく言われたものである。探索に行き詰まったら、事の発端となった場所に何度も足を運べと。

たしかにそれは正しかった。伝次郎は何度も探索に手をこまねいた経験がある。そんなとき、事件発生現場に行くことで、それまで見えなかったものが見えたことがある。

すでに日は高く昇っており、商家は大戸を開けているし、道行く人の数も多くなっている。大横川沿いの岸辺にある薄が日の光に輝いており、屋敷塀にのぞく金木《きんもく》犀《せい》が甘い匂いを風に流していた。

南辻橋に立って、きらめく川面を眺めた。大横川はいまは穏やかだが、事件当時は氾濫《はんらん》しそうになっていたはずだ。強い風と雨で十間先も見えないほどだったというから、最悪の天気だったのは想像するまでもない。

「与茂七、この橋から秋月様の屋敷までいかほどだ？」

伝次郎はわかっていることを聞いた。

「……四町（約四三六メートル）あるかないかでしょう」

「そうだな。大人の足なら造作《ぞうさ》もない。だが、数馬殿と佑馬殿の足ならどうだろう。それに雨風が強かった。そんな天気のなかをここまでなぜ来たのだ？」

「旦那、この橋ではなく、もっと手前だったというのは考えられませんか……」

与茂七が橋の西のほうを見て言った。すぐ近くには町屋がある。本所菊川町一丁目である。その西隣は徳右衛門町《とくえもんちょう》三丁目。

「たとえ子供だとしても、殺した二人をこの橋まで運んでくるのは難儀だろう」

「半蔵だったら造作なかったのでは……」

伝次郎は優に六尺を超える半蔵を脳裏に浮かべた。見るからに怪力の持ち主だ。たしかに、半蔵ならできそうだ。

「子供たちを見た者はいないんですかね。どんなに天気が悪くても、人はその様子を見るではありませんか」

「与茂七、いいことを言う。たしかにそうだ。よし、聞き調べをしよう」

伝次郎はすぐに聞き込みを開始した。南辻橋の東、柳原町《やなぎわらちょう》三丁目。そして西側にある菊川町一丁目、徳右衛門町三丁目。さらに南側にある本所菊川町二丁目から三丁目までを手分けした。

事件からすでに二月半はたっている。当時のことを町の者が覚えているかどうかあやしかったが、六月十八日の嵐のような天気のことはよく覚えていた。ただ、表を歩く者はいなかったというし、二人連れの子供を見たという者もいなかった。

伝次郎があらかたに聞き込みを終えて、南辻橋際にある茶屋に行くと与茂七がすでに床几に座っていた。目を輝かせて伝次郎を見るなり言った。

「旦那、見た者がいました。その先にある薪炭屋《しんたんや》の女房です」

「なに」

「あの雨のなかひとつの傘で橋のほうに歩いて行ったらしいです」

「数馬殿と佑馬殿に間違いないか」

「おそらくそうだと言いました」

「いっしょにいた者がいたかどうかは？」

「それは見なかったらしいです」

そこへ粂吉が戻ってきた。

「旦那、妙なことを聞きました」

「なんだ？」

「件の日の翌る日かそのあとだったようですが、下緒を買いに来た侍がいたというのです。それが秋月家の奉公人だったような気がすると……」

「どこの店だ？」

「この先にある葵《あおい》堂という刀剣屋です」

「詳しい話を聞こう」

伝次郎はそう言うなり床几から立ち上がった。

刀剣屋・葵堂は三ツ目之橋に近い徳右衛門町二丁目にあった。

「あの嵐の翌る日か、そのつぎの日でしたか忘れましたが、たしかに下緒を求められたお侍がいました。ときどきお見かけしていたので、秋月様のお屋敷詰めだと思うんです」

葵堂の主は白髪《しらが》交じりの太い眉を動かした。

「そのとき、そやつは自分の脇差を見せたか？」

「見せていただきました。言葉はよくありませんが、安い数物《かずもの》でした」

「その脇差に下緒はなかったのではないか？」

「古くなったので捨てたとおっしゃいましたよ」

「そやつの人相を覚えているか」

主は少し視線を彷徨《さまよ》わせて、あまりよく覚えていないがと前置きをし、

「年の頃は三十ぐらいだったでしょうか。色白で目の細い人でしたよ」

伝次郎は浅利長九郎だと思っていたが、そうではない。長九郎は色が黒い。猪首の磯貝次兵衛の目は並だ。

「砧半兵衛じゃねえですか」

与茂七が言った。伝次郎はもう一度、主に問うた。

「たしかに目が細くて色白だったのだな」

「へえ、そうだった気がするんですが……」

「ご亭主、助をしてもらうことになるかもしれぬが、そのときは頼む」

「助って……」

「顔を見てもらうだけだ。手間はかけぬ」

「そんなことでしたら」

伝次郎は葵堂を出ると、表情を引き締めて粂吉と与茂七を振り返った。

「やつらの長屋を見張る」

三

商家の暖簾《のれん》が傾く日差しを受け、通りを歩く人たちの影が長くなっていた。

伝次郎たちは万平店の木戸口を見張っているが、例の三人組の帰ってくる様子はない。

「今日は帰ってこないのでは……」

退屈な見張りに飽きたのか、与茂七が愚痴をこぼす。伝次郎はこれで三杯目の茶を口に運んだ。

(明日にするか……)

そんな思いを胸のうちでつぶやく。砧半兵衛たちは逃げることはないはずだ。いまのところ、自分たちに疑いがかかっているとは毫《ごう》も思っていないだろう。

「旦那、もう少し見張りましょう」

粂吉が伝次郎の思いを打ち消すように言った。

「そうだな。あと半刻《はんとき》待つか」

伝次郎は翳《かげ》りゆく夕焼けの空を見て応じた。

しかし、日が沈み町屋に夕靄《ゆうもや》が漂っても三人は姿を見せなかった。

「明日、出直しだ」

伝次郎は見張りを打ち切り、

「明日、もう一度見張る」

と、言葉を足して床几から立ち上がった。

粂吉と与茂七を猪牙舟に乗せると、暗くなった川をゆっくり下った。町家は夜の闇に呑み込まれ、空には星が浮かんでいた。

人が生きているという証は、河岸道を歩く人の影だ。提灯を持って橋をわたる者もいる。

砧半兵衛が真の下手人なら、半蔵は無罪だ。しかし、すでに裁きの終わった半蔵に赦免《しゃめん》が出るかどうかはわからない。

問題は半蔵が殺しを認めていることである。六之助が取り調べの末に作成した口書も吟味方で認められている。それを元に筒井奉行は半蔵に断罪を下した。

「旦那、明日も朝早くやつらの長屋に行くんですね」

流れゆく町屋の灯りを眺めていた与茂七が伝次郎に顔を向けた。その顔は舟提灯の灯りを受けていた。

「会って話を聞かねばならぬ」

「砧半兵衛が下緒を買っていれば、やつが下手人ということになりますかね」

「それはわからぬ。たまたま買っただけかもしれぬ」

「旦那、もし砧半兵衛が二人を殺していたのなら、半兵衛は他の奉公人より早く屋敷を出ていなければなりません。もしくは数馬様と佑馬様を、騒ぎになる前におびき出していたことになります」

伝次郎が考えていることを粂吉が代弁した。

「たしかにそうでなければならぬ」

「騒ぎになったとき、砧半兵衛が屋敷にいたかどうかを調べるべきでは……」

伝次郎は粂吉に顔を向けた。

「明日、おたきに会おう」

伝次郎はそう答えて、船足を速めるために川底に棹を強く突き立てた。

亀島橋の袂に着いて舟を舫うと、

「千草の店で飯を食おう」

と、伝次郎は粂吉と与茂七を誘った。

「待ってました。旦那、そうこなくっちゃ」

与茂七が嬉しそうな顔ではしゃぎ声を上げた。

「現金なやつだ」

粂吉が苦笑いをして与茂七を見た。

千草の店「桜川」に入ると、客は誰もいなかった。

「なんだ、暇をしていたか?」

伝次郎はそう言って床几に腰をおろした。

「暇なので今夜は早く暖簾をしまおうかと考えていたんです」

千草はそう答えたあとで、言葉を足した。

「御番所から使いの方が見えて、あなたに明日の午後にでもお奉行様が会いたいという言付けをいただいています」

「明日の午後……」

伝次郎は何事だろうかと思った。調べの報告を受けたいのか、あるいは半蔵の刑の執行日が決まったのかもしれない。

刑の執行は町奉行の一存では決められない。月番老中に書類を提出して伺いを立て、御側御用取次《おそばごようとりつぎ》、御小姓頭取《おこしようとうどり》を通じて将軍の裁許を受けることになる。将軍の裁許が受けられれば、書類は老中に戻る。老中に書類が戻ったなら半蔵の刑は間近ということになる。

「お奉行も気になってらっしゃるんでしょう」

千草から酒を受け取った与茂七が気軽に言う。

「明日会えばわかることだ」

伝次郎は与茂七から酌を受けた。

「旦那、明日の朝はあっしと与茂七で万平店に行きましょうか。お奉行に呼ばれているんですから慌《あわ》ただしいでしょう」

条吉が気遣ってくれたが、

「いや、もしあの三人がいれば話を聞かなければならぬ」

と、伝次郎は言葉を返した。

「おたきにも会わなきゃならないですからね」

与茂七はそう言ってから、千草に肴の注文ついでに茶漬けを所望《しょもう》した。

「おれにはにぎり飯を作ってくれるか。腹が減っている。条吉はどうする?」

伝次郎だった。

「では、あっしもにぎり飯を」

「それじゃ、おれもにぎり飯にしてください」

与茂七がそう言ったので、小さな笑いが起きた。

「茶漬けでもにぎり飯でも何でもござれですよ。それから秋刀魚《さんま》を焼きましょう」

千草はそう言って板場に入った。

四

翌朝、箱崎川を抜け大川に出たところに砂州《さす》が出ていた。以前は町屋のあった中洲《なかす》だ。干潮だと大川の河口は水深が浅くなるので砂州が姿をあらわす。鴫《しぎ》や千鳥が群れていて、伝次郎の猪牙舟が近づくと、一斉に空に舞い上がった。

日の出間近な東雲は赤紫色に染まっていた。冷え込みが強くなっていて、風の冷たさを感じる朝だった。

おたきの長屋を訪ねると、居間で朝餉を食べている最中だった。

「早くにすまぬな」

伝次郎が詫びると、おたきはもうすみましたからと言って、三人に茶を出してくれた。

「件の日のことだが、砧半兵衛が騒ぎになったときに屋敷にいたかどうかを知りたいのだが、わかるか？」

伝次郎は茶を受け取って早速聞いた。

「砧様ですか……」

おたきは目をしばたたいて首をかしげた。

「それはちょっとわかりませんけれど、他の人が知っているかもしれません。お屋敷に行ったら聞いてみます。でも、なぜ砧様を……」

おたきの疑問は当然だった。伝次郎は下緒のことを話した。

「そんなことがあったとはまったく知りませんでした」

「だから砧半兵衛の仕業だと決めつけられはしないが、もしやつが騒ぎの前に屋敷にいなかったならば、放っておけることではない」

「沢村様、少しお待ちください。わたし、みなさんにそのことをしっかりたしかめます」

おたきは目に力を入れて言った。

「昼九つ（正午）に裏の木戸で待っていたいが、それまでに調べられるか」

「おまかせください」

おたきは力強くうなずいた。

おたきの長屋をあとにすると、伝次郎は粂吉と与茂七を連れて万平店に足を運んだ。

長屋にはこれから仕事に出かける亭主や、井戸端で米を研いでいるおかみの姿があった。

「旦那、戻っていますよ」

先に様子を見に行った粂吉が木戸口に戻ってきて言った。

「よし、訪ねる」

伝次郎はそのまま砧半兵衛の家の前に立ち、戸をたたいて声をかけた。眠そうな声が返ってきた。

「南町の沢村だ。朝早くにすまぬが、聞きたいことがある」

短い間があって、待ってくれと声が返ってきた。家のなかでガサゴソと物音がして、戸が開けられた。半兵衛は寝間着姿だ。

眠そうな狐目で伝次郎の背後に立つ粂吉と与茂七を見て、

「いったい何をお訊ねになりたいんです」

と、さも迷惑だという顔をした。

「邪魔をする」

伝次郎は敷居をまたいで三和土《たたき》に立った。

「おぬし、葵堂という刀剣屋を知っているな」

「知っています。あの店で下緒を買ってもいますから……」

半兵衛はあっさり認めた。表情に変化はなかった。

「それも二人のご子息が殺された翌る日だった」

「翌る日かそのあとだったか覚えていませんが、たしかに買いました。なにせ使っていた下緒が古くなっていましたからね」

伝次郎は半兵衛を直視するが、狼狽《ろうばい》もしなければ嘘を言っているふうでもない。

(こやつではないのか……)

「古い下緒はどうした？」

「捨てましたよ。殺しに下緒が使われたからお訊ねなんでしょうが、拙者はそんなことはしませんよ。殺しに使った下緒は半蔵が懐に持っていたんですから」

半兵衛は片頬に余裕の笑みを浮かべる。

「たしか、半蔵から下緒を奪い取ったのはおぬしだったな」

「はい。やつを縛るときに気づいたんです」

「屋敷で騒ぎになったとき、おぬしはどこにいた？」

「屋敷にいましたよ」

半兵衛はあっさり答え、首のあたりを引っ掻《か》くように片手でこすった。

「では、騒ぎになる前に屋敷にいなかった者に気づかなかったか？」

半兵衛は小首をかしげてわからないと言う。

「浅利長九郎と磯貝次兵衛はいるか？」

「あの二人はいませんよ」

「どこにいる？」

半兵衛は首を右に傾けてこきっと骨を鳴らした。

「新しい仕事の算段をつけに行ってるんです。どこにいるかは聞いてないのでわかりませんが……」

「その二人はいつ戻ってくる？」

半兵衛は考えるように短い間を置いて、

「さあ、それもわかりませんで……」

と、能面顔で答えた。

取りつく島もなかった。伝次郎はぞんざいに丸められた夜具を見てから、

「早くにすまなんだ」

と、詫びを入れて長屋をあとにした。

「やつではないんですかね」

通りに出てから粂吉が顔を向けてきた。

「いまの話を鵜《う》呑《の》みにすれば、やつではないということだ」

だが、伝次郎はそのまま引き下がるつもりはなかった。

「粂吉、与茂七、半兵衛はともかく、浅利長九郎と磯貝次兵衛のことが気になる。昼まで見張りをつづける。もし、二人が戻ってこなかったら、おまえたちはそのまま見張ってくれ」

「旦那がいないときに戻ってきたらどうします？」

粂吉が聞く。

「そのまま見張っておくのだ。出かけるようだったら、行き先を突きとめろ」

「承知しました」

粂吉は顔を引き締めて応じた。

表の茶屋で三人は見張りをつづけたが、浅利長九郎も磯貝次兵衛も姿を見せなかった。

伝次郎はおたきとの約束があるので、昼前に見張場にしている茶屋から離れた。

五

おたきとの約束の刻限に、伝次郎は秋月家の裏木戸に立ったが、九つの鐘が鳴っても木戸は開かなかった。

手持ち無沙汰《ぶさた》に裏道を何度か行ったり来たりしたとき、木戸が開いておたきがあらわれた。

「沢村様、申しわけありません。今日は殿様がお城に行かれましたので、朝からばたついてみなさんに話を聞くことができませんでした」

おたきはぺこぺこと頭を下げて謝った。

「屋敷に残っている者には聞いてくれたか」

「はい、それは聞いていますけど、あのとき屋敷にいなかった人がいたかどうかは、みなさんわからないとおっしゃいます」

「殿様の供は何人だ？」

「十六人です」

新たに雇われた三人の奉公人をのぞいて、十三人からは話が聞けないことになる。

「殿様のお帰りは？」

「遅くても夕方になると思います」

「では、日の暮れにもう一度来ることにする」

「たびたび申し訳ございません」

伝次郎は筒井奉行に会わなければならないので、近くの町屋で中食を取って南町奉行所に足を運んだ。

いつものように伝次郎は用部屋で筒井を待ったが、下座についてしばらくのちに筒井があらわれた。城から帰ってきたばかりらしく長裃《なががみしも》姿だった。

「待たせたか」

「いえ」

平伏《へいふく》して答えると、もっと近くに来いと命じられた。

伝次郎は膝行して筒井の前に座り直した。

「半蔵の件はいかがであろうか？」

伝次郎はやはりそのことであったかと思い、これまで聞き調べて詮議したことを詳《つまび》らかにした。少し長い話になったが、筒井は微動だにせず耳を傾けていた。

「すると、半蔵の仕業であったことにほぼ間違いはなかろうか……」

「それはしかと申し上げることはできませぬ。解《げ》せぬことがいくつかありますゆえ」

「解せぬこと。それは、下緒と年季明けになった秋月家の元奉公人にであろうが、その他にあやしき者がいるかどうかである」

「これまでの調べでは、屋敷の奉公人以外に疑わしき者はいません」

「調べを進めるうちに出てくるようなこともあると……」

「秋月家の奉公人を主に探っていますが、それはわかりません」

筒井は「うむ」と短くうなって、小さく空咳《からせき》をした。

「半蔵の刑の執行日が決まった」

伝次郎はさっと顔を上げて筒井を見た。

「ご老中から差図《さしず》をいただいた」

差図とは死刑執行を申し渡す文書に老中の押印《おういん》がされたということである。差図があれば、刑の執行に待ったはかけられない。

「刑の執り行いはいつでございましょうか？」

「明後日である」

伝次郎が筒井から調べ直しを命じられて七日目ということになる。

「さりながらそなたの話を聞くかぎり、どうも腑《ふ》に落ちぬことがある。林六之助の調べもそうであるが、半蔵の身を案じる訴状といい、そなたの調べを聞いてもそうだ。沢村、そなたはこの一件をどう思う。遠慮のう申せ」

筒井はひたと見つめてくる。伝次郎は一度唾を呑んでから答えた。

「これまで聞き調べをしたかぎりでございますが、半蔵の仕業だとは思えませぬ。半蔵にも面会いたしましたが、あの者の言うこともはっきりいたしません。しかし、刑が明後日だとなれば……」

伝次郎は一度唇を嚙み、言葉をついだ。

「もし、今日明日に真の下手人が見つかれば、赦免はございますでしょうか？」

「それは、ことの次第である。猶予《ゆうよ》は今日を入れて二日である。その間に真の下手人が出てくれれば半蔵は命拾いできるやもしれぬ」

罪人の赦免はめったにないが、例えば天皇家や徳川一門に慶弔《けいちょう》の儀があれば、まれに死罪の刑を受けた者が赦免されることがある。しかし、半蔵の刑執行までは時間がない。

「わたしは思うのだ。例の助命を請う嘆願書とも取れる訴状を読んで、あれにしたためられていたことは真《まこと》のような気がしてならぬのだ」

それは伝次郎も同感であった。

「明日、もう一度半蔵から話を聞く」

伝次郎はかっと目をみはった。

「有罪と決まった囚人のなかには、調べの折に至極《しごく》動揺し、十分な申し開きのできぬ者もある。もし半蔵がその類《たぐ》いの者であれば、わたしは不覚を取ったことになる。疑心が浮かんだからには、いかに難しいことであろうが、ひたむきに吟味をやり直すべきであろう」

なんという寛大な慈悲であろうか。伝次郎は思わず胸を熱くした。

「されど、半蔵に残された日は、明日一日しかない」

「お奉行、拙者は身を粉《こ》にして今日明日はたらきまする」

「うむ。ただし、明日の白洲《しらす》においての再吟味には立ち会ってもらえるか」

「御意《ぎょい》にございまする」

六

その日の夕刻、伝次郎は秋月家の裏木戸でおたきに会った。

「いかがであった」

伝次郎はおたきの顔を見るなり聞いた。

「それが誰もわからないとおっしゃるんです。奉公人のみなさんに聞いたのですが、雨と風の強い日でしたから表など見ていなかったとおっしゃいまして……」

おたきは眉尻を垂れ下げ申しわけなさそう顔で、ぺこりとお辞儀をした。

「さようか」

伝次郎はため息をついた。

もう一歩だという手応えをつかみかけているのに、これだという決まり手を探せないでいる。

「あのう」

おたきが遠慮がちの声をかけてきた。何だと問えば、

「沢村様は半蔵さんのことをどうお考えなんでしょう？　あの人が下手人だと思われているのでしょうか？」

と、恐る恐るおたきが聞いてくる。

「半蔵の仕業だと決めつけるものがない。あやつは刀の下緒を使って二人を殺したことになっているが、半蔵は下緒をつける刀を持っておらぬ。それにその気になれば、あの身体だから、得物を使う必要などないはずだ。おそらく半蔵の力をもってすれば、幼い数馬殿も佑馬殿も赤子の手をひねるように殺められる。それにおのれで手にかけた子供を、荒れる川に落としたあとで、助けに行くというのも腑に落ちぬ」

「わたしは腑に落ちないことばかりです。半蔵さんは大きな身体をしていますけれ

ど、心《しん》の臓《ぞう》は蚤《のみ》のように小さくてやさしいのです。お坊ちゃまたちが懐いたのは、半蔵さんがやさしかったからだと思います。半蔵さんも可愛がっておいででした」

おたきはまた以前言ったようなことを繰り返した。

「半蔵を問い糾したとき、やつは妙なことを言った」

「どんなことでしょう？」

「おれの訊問に、あやつはお坊ちゃまたちのところに行きたいだけ。自分はもう死にたい、死んだほうがいいと。さようなことを震える声で話した」

おたきは「はあ」と大きく嘆息《たんそく》して、伝次郎を見た。

「わたしは半蔵さんの気持ちがわかる気がいたします」

伝次郎はおたきを静かに眺めた。

「あの人はもう生きていたくないと思っているんです。自分が罪を犯していなくても、死んで生まれ変わったほうがよいと思っているんです。生きているのが辛いと思っているから、そんなことを口にしたんです。あの人は生まれてからずっと蔑まれて生きてきました。褒められもせずやさしくしてももらえず、そして貧しくて……幸せというものを味わったことがないのです。人並みの喜びや幸せを感じたことがなければ、人は誰でも早く死にたいと思うのではないでしょうか……」

おたきは話しながら目を潤ませ、そして大粒の涙を頬につたわせた。

伝次郎にもおたきの言うことはわかる。しかし、それはあくまでも感情論であって、半蔵を救うことにはならないし、半蔵の無実の証明にもならない。

「おたき、はっきり言っておく。半蔵の刑は決まっている。そして、明後日、刑は執り行われることになった」

おたきははっと顔を凍りつかせた。

「されど、お奉行のお慈悲で明日、もう一度半蔵の吟味を行うことが決まった。もし、そこで半蔵が罪を認めなければ、刑の執行《しぎょう》は少しは先に延ばされるかもしれぬ」

「……半蔵さんが罪を認めると……」

「明後日、刑は執《と》り行われる」

おたきはがくっと肩を落とした。

「おたき、正直な気持ちを言う。他言《たごん》するな」

おたきは伝次郎に顔を向けてうなずいた。

「おれはこの一件は、半蔵の仕業ではないと思う。であるから真の下手人捜しをあきらめぬ。ぎりぎりまでつづける」

「お願いいたします。お願いいたします」

おたきは祈るように両手を胸の前で合わせて頭を下げた。

「人の記憶は不確かなこともあるが、ふとはっきりと大事なことを思い出すこともある。もう一度奉公人たちに、件《くだん》の日のことを聞いてくれぬか」

「承知いたしました」

伝次郎はおたきと別れると、粂吉と与茂七がつづけている見張場に足を向けた。

通りを歩きながら、これまで聞き調べたことを頭のなかで整理した。しかし、納得できないことがある。

数馬と佑馬が屋敷からいなくなったと騒ぎになったとき、半蔵は奉公人たちに少し遅れて出ている。そして、誰よりも早く二人を見つけた。そのとき、二人はすでに殺されて川に流されていたのか。

誰よりも早く半蔵が見つけて殺し、川に落とした。あるいはいっしょに川に落ちたことになるが、そんな暇があったかどうかだ。当時は薄暗く、そして雨と風が強く、十間先も見えないほどだったという。

半蔵が誰よりも先に二人を見つけて殺すためには、二人の居場所を知っていなければならない。

(そうなのか……)

伝次郎は河岸道の途中で立ち止まって、大横川を下っていくひらた舟をぼんやりと目で追った。

(半蔵には二人を殺す動機がない)

これまで聞き調べをしたかぎりではそうである。

(何か見落としているか、聞き落としているのか……)

伝次郎は法恩寺橋をわたり、粂吉と与茂七が見張場にしている茶屋に入った。

「旦那、浅利長九郎と磯貝次兵衛は帰ってきません」

「粂吉はどうした？」

茶屋に粂吉の姿はなかった。

「砧半兵衛が出かけたんで尾《つ》けています。お奉行から何かお指図でもあったんですか？」

「うむ」

伝次郎は店の小女が来たので茶の注文をして、お奉行とおたきとやり取りしたことをざっと話してやった。

「すると、半蔵は明後日には……」

伝次郎は黙したまま葦簀《よしず》の隙間から射し込んでくる光の条《すじ》を目で追った。

見張りをつづけたが、いつの間にか日が暮れ、あたりが暗くなった。条吉も戻ってこなければ、砧半兵衛も浅利長九郎も、そして磯貝次兵衛も姿を見せなかった。

七

是非とも浅利長九郎と磯貝次兵衛から話を聞かなければならないが、結局、伝次郎はその日の見張りを打ち切った。

「条さんのことはどうします？」

与茂七が不安げな顔で言う。猪牙舟に戻ってからのことだった。

「やつのことだ。ぬかりなく尾けているはずだ。何かあれば家にやってくるだろう」

伝次郎は猪牙舟を操りながら言うが、心配はあった。だが、いまは粂吉の尾行を頼りにするしかない。

しかし、その日、夜が更けても粂吉は来なかった。

(粂吉の身に何かあったのでは……)

そんな不安が伝次郎の胸のうちに浮かんだのは、夜具に横になってからだった。

しかし、連日の探索の疲れか、伝次郎はいつしか深い眠りに落ちていた。

「粂さん来ませんでしたね」

翌朝、顔を合わせるなり与茂七が言った。

「うむ。気にはなっているが、行き先がわからぬからどうにもしようがない。飯を食ったらすぐに万平店の見張りに行く」

心配を払拭《ふっしょく》するためには、そうするしかなかった。

その頃、粂吉は永代寺門前町《えいたいじもんぜんちょう》にある小さな旅籠《はたご》にいた。

昨日長屋を出た砧半兵衛を尾《つ》けると、小名木川の東方にある深川下大島町《しもおおじまちょう》へ行き、そこで半兵衛は浅利長九郎と磯貝次兵衛と合流し、その後深川に向かい、いま粂吉のいる旅籠に宿を取ると、日が落ちてから深川の花街《かがい》に足を運んだ。

粂吉は三人がてっきり女を漁《あさ》りに行ったのだと考えたが、どうも違うようだった。彼らは仲町《なかちょう》・新地《しんち》・土橋《どばし》・櫓下《やぐらした》にある岡場所に行ったのだが、店を訪ねただけですぐに表に戻り、つぎの店、またつぎの店と訪ねて行った。

いったい何をしているのだと、粂吉は疑問に思ったが、彼らは夜遅くまでそんなことを繰り返し、そして宿に戻って朝を迎えたのだった。

粂吉は少し焦っていた。もし、三人が宿を払ってしまえば、また尾行をつづけなければならない。このことを早く伝次郎に知らせるべきだと思い、宿の戸口に行って番頭を見つけると、

「奥の間に三人の侍客が泊まっているが、いつまでこの宿にいるかわかるかね」

と、聞いてみた。

「今日はまだお泊まりのはずですよ。明日はわかりませんが……」

それを聞いた粂吉は、三人に見つからないように町に出ると、短い書付をして近所の店の小僧に使いを頼んで宿に戻った。

その頃、砧半兵衛は高鼾をかいて寝ている浅利長九郎と、磯貝次兵衛を起こしたところだった。

「よく寝ていられるもんだ。飯を食ったら娘を捜しに行くんだ」

半兵衛はそう言って、煙草盆を引き寄せ煙管《キセル》を吹かした。

「それで今日のうちに金になるんですか？」

長九郎が欠伸《あくび》を嚙み殺して聞いてくる。まだ、寝《ね》ぼけ眼《まなこ》だ。

「うまく話をつけられるなら金になるだろう」

「女郎屋は信用できますかね」

半兵衛はそう言う長九郎をにらむように見た。

「きさま、おれのやることを疑っておるのか」

「疑っちゃいませんが、こんなことで金になるというのがどうも……」

「どうも、何だ？」

半兵衛は長九郎の四角い顔をにらむ。

「早い話、女衒仕事ではありませぬか」

「いやだと申すか。だからおぬしはいつまでたってもうだつが上がらんのだ。これまでのように武家奉公をやって暮らしが楽になるか？　所詮仕官《しかん》などかなわぬ身の上なのだ。だったら、この辺で見切りをつけ、開き直った生き方をして金儲《もう》けをするしかなかろう。おぬしもその話に乗ったくせに。いま頃になって何を言いやがる」

半兵衛は腹立ち紛れに煙管を灰吹きにたたきつけた。

「それはともかく、町方がしつこく訪ねてくるってのはどういうことです？」

次兵衛が猪首をかきながら聞いてくる。

「あの件を調べ直しているんだ」

「あの件とは、秋月の殿様のお倅のことですか？」

「そうだ、下手人の半蔵には裁きが下っているというのにしつこいのだ。何を知りたがっているのかわからぬが、おぬしらにも話を聞きたがっている」

次兵衛は長九郎と顔を見合わせた。

「おれたちに話をって、もはや話すことはないでしょう」

「だから面倒だから、しばらく長屋には戻らぬほうがいいってことよ。金さえできれば、あんな長屋は打っちゃっておけばいい。どうせ大したものはないんだ」

「そりゃあうまく稼げたらの話でしょう」

長九郎だった。

「稼げるからやっているんだ。まったくたわけたことを朝っぱらから言いやがる」

「そんなに怒らなくてもよいでしょうに」

半兵衛はむくれ顔をする長九郎にはかまわず、朝飯だと言って立ち上がった。


「ごめんくださいまし」

玄関に声があったのは、千草が台所で洗い物をしているときで、伝次郎と与茂七が出かけて間もなくのことだった。

「はい、何でしょう?」

前垂れで手を拭きながら玄関へ行くと、商家の小僧らしき男が立っていた。

「こちらは沢村様のお屋敷ですね」

「さようですけれど……」

「粂吉さんという人からこれを預かったので届けにまいりました」

若い男はそう言って小さな紙切れをわたしてきた。

「では、ちゃんとわたしましたからね」

「それはご苦労様でした」

千草は立ち去る若い男を見送って手にある小さな書付を開いた。

――永代寺門前町　旅籠・丹波《たんば》屋にいます。

文言《もんごん》はそれだけだった。

千草は開け放した玄関の外を見て、これはきっと大事な知らせなのだと思った。伝次郎と与茂七が出かけて間もない。まだ亀島橋にいるかもしれないと思い、千草は小走りになって家を出た。

しかし、いつも亀島橋の袂に舫ってある伝次郎の舟はなかった。岸辺に立って日本橋川のほうに目を向けたが、猪牙舟を操る伝次郎の姿も見えなかった。

第六章　朝駆け

一

「粂さん、どうしたんでしょう?」

与茂七が心配そうな顔を伝次郎に向ける。浅利長九郎たちが住む長屋を見張る茶屋に入って、もう一刻はたっていた。

日は高く昇り、晴れた空で舞う鳶が気持ちよさそうな声を落としてくる。

「粂吉はおれたちがここで見張っているのは知っている。何もなければいずれやってくるはずだ」

そう言う伝次郎ではあるが、気休めかもしれないと胸のうちで思った。粂吉の安否をずっと懸念しているのだ。

長屋には砧半兵衛も、昨日から留守にしている浅利長九郎と磯貝次兵衛も戻っていないことがわかっていた。

「旦那、やつらの家を見たらどうでしょう。行き先がわかるかもしれません」

与茂七の言葉に伝次郎は短く躊躇《ためら》ったが、

「よし、やってみよう」

と言って、床几から立ち上がった。

亭主連中の出払った長屋は静かだった。井戸端で二人のおかみが洗い物をしているぐらいで、ほとんどの家の戸は閉められていた。

伝次郎はまず砧半兵衛の家の裏にまわった。突然彼らが戻ってくると困るので、見張りとして与茂七を木戸口に立たせていた。

裏の戸は閉められていたが、刀の小柄《こづか》を使って簡単に猿《さる》を外せた。そのまま戸を開き、家のなかに入った。

簞笥《たんす》や火鉢などの調度《ちようど》も食器も少ない家だった。店借《たな》りしたのが、秋月家の年季明けのあとだからかもしれない。居間の隅に夜具が畳まれているが、枕屏風《まくらびようぶ》もなかった。

伝次郎は書付の類いや行き先のわかるものがないかと目を皿にして、家のなかを仔細《しさい》に見たが、これといったものはなかった。

つぎに、浅利長九郎の家に入った。ここには磯貝次兵衛が居候しているので夜具が二揃えと、柳行李《やなぎごうり》がひとつあった。やはり食器も少なく、茶簞笥《ちゃだんす》などの調度もなかった。

柳行李の蓋《ふた》を開けてなかを見たが、浴衣と足袋と長襦袢《ながじゅばん》が入っているだけだった。何かを書き記したようなものもなく、三和土に履き古した雪駄が二足あるだけだった。

「行き先の手掛かりとなるものは何もない」

伝次郎は表に戻ると与茂七に言って、見張場にしている茶屋に引き返した。

「ここで見張りながら粂さんを待つしかないですかね」

与茂七は粂吉のことを心配している。

伝次郎もそれは同じだが、粂吉を信じるしかない。

「与茂七、昼近くになったらおれはおたきに会いに行き、そのまま御番所に行かねばならぬ」

「半蔵の再吟味があるんでしたね」

「うむ」

伝次郎は法恩寺橋のほうに目を向け、半蔵の顔を脳裏に浮かべた。


千草は深川の目抜き通りを歩いていた。粂吉が伝次郎に寄越した書付には、永代寺門前町にある丹波屋という旅籠の名が書かれていた。

永代寺門前町はかなり広い町域がある。書付に書かれている旅籠がどこにあるかはすぐにわからないので、商家に立ち寄っては丹波屋の場所を聞いて、ようやく永代寺南東に祀《まつ》られた荒神宮《こうじんぐう》そばの旅籠だとわかった。

旅籠は大半の泊まり客が出たあとらしく、掃除や片づけに忙しそうだった。入口のそばで掃除をしていた女中に粂吉のことを聞いたが、きょとんとした顔でわからないというので、番頭に取次を頼んだ。

千草は番頭を待つ間、粂吉がいやしないかと通りを眺めた。書付は大事なものに違いない。本来なら伝次郎にわたさなければならないが、その行き先が判然としなかった。

伝次郎と与茂七のやり取りを聞いてはいるが、聞き耳を立てていたわけではないので居場所がわからなかった。

「何かご用でございましょうか？」

声に振り返ると丹波屋の番頭が揉み手をして立っていた。

「あの、こちらに粂吉さんという人がお泊まりだと思うのですが……」

「粂吉さん」

番頭は少し考えてから、

「ああ、お泊まりでしたが、今朝出て行かれたのでもういらっしゃいませんよ」

と、答えた。

「どこへ行ったかわかりませんか。大事なことを教えてもらわなければならないのです」

「さあ、行き先は聞いておりませんからね」

「わかりませんか？」

念押しをしても番頭は首をひねるだけだった。

千草は通りに戻って途方に暮れ、袂に入れていた書付を眺めた。こんなことなら伝次郎の行き先を聞いておくべきだったと思ったが、どうにもならない。とぼとぼ歩きながら、昨夜、伝次郎と与茂七が話していたことを思い出そうとしたが、ぼんやりとしか聞いていないのでわからない。

それで今朝はどうだったかと思い、記憶の糸を手繰《たぐ》ってみた。

(そうだ、万平店……)

伝次郎がそんな長屋の名を口にしたことを思いだした。だが、その長屋がどこにあるかわからない。何か思い出せないかと記憶をまさぐりながら歩きつづけた。

気づいたときには一ノ鳥居のそばまで来ていた。

(あの晩……)

千草は目をみはって足を止めた。

一昨夜、伝次郎が粂吉と与茂七を連れて店に来たときだった。あのとき、みんなはにぎり飯をうまそうに頬張っていたが、

——旦那、明日はあっしに舟をまかせてください。

と、与茂七が言った。

伝次郎は何も答えなかったが、

——法恩寺橋までならどうってことないですよ。

と、与茂七が付け加えたのだ。

法恩寺橋といえば、大横川に架かる橋しかない。他に思いあたる場所はない。

千草は青い空にぐるりと視線をめぐらすなり、猪牙舟を仕立てるために通りから右の道に入り、油堀《あぶらぼり》を目指した。

おそらく伝次郎と与茂七の見張っている万平店は、法恩寺橋のそばにあるはずだ。無駄だとしても、粂吉は大事なことを伝えたがっている。そのために人を使って書付を寄越したのだ。

（急がなきゃ）

千草は猪牙舟を仕立てるために足を急がせた。

二

伝次郎がおたきに会えたのは、正午前だった。しかし、昼時で忙しいから少し待

ってくれと断られ、

「今日はひとり女中さんが休みなので手が離せないのです。みなさんのお食事の片づけが終わりましたらすぐにまいります。話は大方聞いてあります」

と、おたきは言葉を足した。

「めぼしい話を聞いているか？」

「すみません。まだ聞いていない方もいますので、とにかく少しお待ちくださいませ」

おたきはすまなそうな顔をしながら、慌てた素振りで屋敷のなかに消えた。

伝次郎は町屋に引き返すと、目についたそば屋に入り、大盛りのせいろを注文して格子窓の外を歩く人たちを眺めた。

聞き調べは佳境《かきょう》に来ている。もう一度、浅利長九郎と磯貝次兵衛に会って何としてでも話を聞かなければならない。だが、その二人の行方が知れない。

（半蔵に殺しは無理だ）

伝次郎はそんな思いを強くしていた。

真の下手人は他にいる。いなければおかしい。

しかし、それが誰であるかはっきりしないかぎり、半蔵は死罪を免れない。筒井奉行は半蔵へ慈悲を与えるために、再吟味をされる。もしその場で半蔵が罪を認めれば、すべては終わりになる。

半蔵の仕業だったとしても、そうでなかったとしても、伝次郎は白黒はっきりさせるために詮議をしなければならない。ここであきらめるわけにはいかない。

そばを食べて店を出ると、また秋月家の裏木戸に戻った。裏庭から人の声が聞こえてきて、すぐ戻りますからと言うおたきの声もした。

木戸が開けられおたきが出てきたのはすぐだった。待たせたことを伝次郎に詫び、

「みなさんに件の日のことをあらためて伺ったのですが、騒ぎの前に屋敷にいなかった人がいたかどうかわからないとおっしゃいます」

と、眉尻を下げた。

「騒ぎの前に屋敷を出て行った者もいないと……」

おたきは困り顔で首をかしげてから言葉を足した。

「でも、まだ聞いていない人がいます。馬の口取りをやる茂助《もすけ》さんと草履取りの文《ぶん》吉《きち》という人です」

「その二人はどこに？」

「今日は殿様といっしょに出かけておいでで、帰りは遅くなるはずです」

伝次郎は唇を噛んだ。それでは半蔵の再吟味の時間までに間に合わない。伝次郎はため息をついた。

「茂助と文吉が戻ってきたら聞いておいてくれるか」

「ぬかりなく聞いておきます」

その場でおたきと別れた伝次郎は、与茂七が見張りをしている茶屋に戻った。

「旦那、戻っちゃ来ませんよ。待ちぼうけを食らっているだけです。粂さんも来ませんし、何だかここにいても無駄な気がするんですが……」

与茂七は見張りに痺《しび》れを切らしている顔を向けてきた。

「無駄なことかもしれぬが、夕刻まで粘ってくれ。猪牙舟は置いていくから、おまえにまかせる」

「このまま御番所に……」

うむと、伝次郎はうなずき、与茂七に心付けをわたして別れた。

やっと舟を仕立てた千草は、法恩寺橋のそばに着いたところだった。思いの外手《ほか》間取ったので、気が急《せ》いていた。舟賃を払って河岸道に上がると、近くの自身番に駆け込み、万平店という長屋を知らないかと訊ねた。

自身番の番人は聞いたことがないので、法恩寺橋の近くならば、

「もう少し北の中之郷横川町《なかのごうよこかわちょう》か向こうではないでしょうか」

と、大横川対岸の町屋を見て言った。

千草が入った自身番は本所清水町《しみずちょう》にあったのだ。表に戻ると、中之郷横川町へ行って聞いたがその町にも万平店はなかった。ならば川の対岸の町屋だろうと思い、法恩寺橋を急ぎ足でわたった。

「おかみさん」

突然、声をかけられたのは、橋をわたったすぐのところだった。茶屋の葦簀《よしず》の陰から与茂七が姿を見せたのだ。

「こんなとこで何をしてんです？」

「何をって、粂吉さんから書付が届いたのよ」

「粂さんから」

「そうよ。永代寺門前町の丹波屋という旅籠にいると書かれているだけだけど、きっと大事な知らせだと思って、丹波屋に行ったら条吉さんはもういなかったの」

千草はそう言いながら書付を与茂七にわたし、伝次郎はどこにいるのだと聞いた。

「旦那は御番所に行きました」

「この書付が何を言っているのかあなたにはわかる？」

千草は与茂七の顔を見ながら床几に腰をおろした。

「おれはここで三人の男を見張ってたんですが、誰もあらわれないんです。そうか、条さんは丹波屋にやつらがいるのを教えたかったんだ」

「どういうこと？」

「話せば長くなりますが……」

与茂七はそう言って、大まかなことを話してくれた。

「すると条吉さんは、砧半兵衛という男を尾《つ》けているのね」

千草は話を聞いたあとでそう言った。

「おそらく砧半兵衛は、浅利長九郎と磯貝次兵衛といっしょにいるのかもしれない」

「どうするの？」

千草は手拭いで汗ばんでいる顔を押さえた。

「丹波屋に行って粂さんから話を聞きます」

「もういないわよ。粂吉さんは今朝、宿を払っているのよ」

与茂七は短く視線を彷徨《さまよ》わせてから、

「それじゃ、おれは旦那にこのことを知らせに行きます」

と言った。

「居場所はわかっているの？」

「御番所に行ってるんです。おかみさん、家まで猪牙で送ります。おれはその足で御番所に向かいます」

三

与力詰所《つめしょ》は息苦しかった。伝次郎は隅に座り、筒井奉行の下城を待つしかない。

居心地が悪いのは、伝次郎が形だけの内与力であるからだ。

本来は伝次郎が同心だということを、詰所にいる与力らはよく知っている。自然、遠慮がはたらき萎縮《いしゅく》するしかない。

奉行の下城が気の遠くなるほど長く感じられたが、実際はさほどの時間ではなかった。用部屋から使いの見習同心がやってきて、

「お奉行がお戻りになりました。白洲のほうでお待ちくださりませ」

と、伝次郎に耳打ちをした。

安堵《あんど》の吐息を周囲に気づかれないように漏らすと、そのまま詰所を退出し、白洲にまわった。

白洲には一枚の筵《むしろ》が敷かれていた。半蔵が座る場所である。正面の廊下にはまだ人の姿はなかった。

しかし、目隠しとなっている板戸のそばには、林六之助が立っていた。伝次郎と目があうと、不遜《ふそん》な顔で会釈し、すぐに視線を外した。

「これへ、これへ」

そんな声が背後でして、牢屋同心四人に連れられた半蔵が姿をあらわした。背中を曲げうつむいて歩いてきた。白衣である。抵抗できぬように羽交い締めに縄をか

けられ手鎖をされていた。憔悴《しょうすい》した顔には無精髭《ぶしょうひげ》が生えていた。

半蔵が牢屋同心に導かれて筵に座ると、庭の両側から槍持ちの同心があらわれて、蹲踞《そんきょ》して半蔵に目を光らせた。

そして、白洲の上の縁側に目安方《めやすかた》と与力があらわれ、つづいて当番の吟味方与力が席につき、筒井奉行が着座した。

庭のどこかで鳴いている雀の声がして、筒井がひとつ咳払いをしたのち口を開いた。

「江戸無宿《むしゅく》半蔵、面《おもて》を上げよ」

伝次郎ははっとなって筒井を見た。無宿と言ったのは、半蔵の身内に縁坐《えんざ》の罪が及ばない配慮だとわかったからだ。

「そのほう、六月十八日、火事場見廻役の秋月市右衛門殿の長男・数馬殿と次男・佑馬殿を殺害いたし、重々不届きにつき重き咎を科したるが、吟味不十分と考え、もう一度訊問いたす。正直に答えよ」

筒井は静かな眼差《まなざ》しを半蔵に向けた。

「そのほう、秋月市右衛門長男数馬殿、次男佑馬殿を下緒で首を絞め殺害したことに間違いはないか?」

半蔵はうなだれたまま黙っていた。

(半蔵、正直に言え。やっていないならやっていないと言うのだ)

伝次郎は半蔵の大きな背中を凝視しながら胸のうちでつぶやいた。

「どうじゃ半蔵、答えよ」

「あっしは……あっしは……」

半蔵は低くくぐもった声を漏らした。

その場が一瞬静寂に包まれた。屋根の上に止まっている鳩が、くるるぅくるるぅと鳴いた。

「何だ、はっきり申せ」

「もう生きていたくありません。……殺してください。お坊ちゃまたちの、あとにつづくだけです」

「半蔵、さようなことを聞いておるのではない。二人の子を殺したかどうかと問うておるのだ。口書にはそのほうが殺したとあるが、真実を述べよ」

「あっしは……死なせたくなかった。ですが……死んでいました」

伝次郎はぴくっと眉を動かした。筒井の目も一瞬くわっと見開かれた。

「死んでいたと申したが、そのほうが二人を岸に抱き上げたときには死んでいたというのであろうか」

半蔵は「ううっ」と苦しそうなうめきを漏らしただけだった。

「二人の首を絞めて殺したのは、半蔵、そのほうに間違いはないか？」

「……へえ」

半蔵はそう言って、認めるように首を縦に振った。

伝次郎は内心でため息をついた。隣に立つ六之助の視線を感じ、顔を向けると小さな笑みを浮かべていた。

「いまの言葉に相違ないな」

半蔵はいやいやをするように首を動かし、「へえ」と小さな声を漏らした。伝次郎は落胆した。半蔵は罪を犯していなくても、死にたがっている。

「であらば、従前《じゅうぜん》どおり引き廻しのうえ獄門を申しつけるが、何か望みあらばひとつは叶えてつかわす。何なりと申せ」

半蔵は膝許に視線を這わせつづけた。

「申し残したきことあらば遠慮のう申せ」

「……早く……死にとうございます」

短い沈黙があった。

「これにて落着いたす」

筒井は静かな声で宣告した。半蔵は刑を免れないことが決まった。

伝次郎は筒井の姿が見えなくなると、平伏している半蔵の大きな背中を一瞥《いちべつ》して白洲を出た。

何とも名状《めいじょう》しがたい感情が胸のうちにあったが、もはや半蔵の一件をひっくり返すことはできない。自《おの》ずと漏れるため息を殺して奉行所の門を出ると、

「旦那」

と、大きな声があり、与茂七が駆け寄ってきた。

「なんだ、こんなところに……」

「知らせなきゃならないことがあるんで、急いできたんです。今朝、粂さんから旦那に書付が届けられたんです。おれたちが出かけたあとで、おかみさんが受け取り、大切な書付だと思い、見張りをしている茶屋に届けてくれたんです。これです」

与茂七は早口で言って小さな書付を差し出した。

伝次郎は受け取って書付を眺めたが、すぐに顔を上げた。

「半蔵の再吟味は終わった。半蔵の刑は変わらぬ」

「それじゃ、下手人はやはり半蔵だったんですか……」

与茂七は目をみはって、さらに言い募った。

「浅利長九郎たちのことはどうするんです？　もういいんですか。すると粂さんは無駄なことをしているってことですか……」

「半蔵が罪を認めた以上、これ以上の探索は無駄だ」

「なんだ、なんだ。それじゃこれまでの詮議は無駄骨だったたってことですか」

はぁあーと、与茂七はため息をつく。

そのとき、奉行所の表門から半蔵が牢屋同心に連れられて出てきた。羽交い締めに縄を打たれ、手鎖をされている半蔵は、悄然《しょうぜん》とうなだれていた。槍を持った四人の牢屋同心がまわりを囲み、縄取りの下男が二人、その他に牢屋見廻り同心二人がついていた。

「あれが半蔵ですか……」

与茂七がつぶやくと、半蔵がちらりと伝次郎に視線を向け、小さく会釈をするようにうなずき、そのまま連行されていった。

「あんなでかい男だったんですか。大きいとは聞いていましたが……」

与茂七は半蔵の巨躯《きょく》を見て驚いていた。

「もし、半蔵が秋月様のご子息を本当に殺したのであれば、下緒などの得物はいらなかったはずだ。それこそ赤子の手をひねるように、あの逞《たくま》しい腕でひと捻《ひね》りですむ」

「だけど、下緒を使って絞め殺した」

「与茂七、おれはどうにも信じられぬのだ」

伝次郎はそう言ってもう一度ため息をつき、連行される半蔵のあとを追うようにゆっくり歩きはじめた。

半蔵を連れた一行は、人目の多い町屋を避けるために、堀沿いの道を進んでいた。そのまま北町奉行所の脇を通り、呉服《ごふく》橋をわたって牢屋敷に向かうのだ。

「だけど、もうどうにもならないってことですか。旦那、粂さんのことはどうします？　粂さんは浅利長九郎たちを尾けてるはずです」

「そうだな。とりあえず丹波屋という旅籠へ行ってみよう」

四

「その方でしたら今朝宿を払われ出て行かれましたが、つい先ほどお戻りになり、沢村様が見えたらこれをわたすようにとおっしゃいまして……」

旅籠・丹波屋の番頭はそう言って、伝次郎に小さく折りたたんだ書付をわたした。

伝次郎は早速開いて読んだ。横から与茂七がのぞき込む。

――羅漢寺《らかんじ》東の亀戸《かめいど》村　百姓朝吉《あさきち》方

伝次郎は書付から顔を上げると、西にまわり込んでいる日を眺めて、

「与茂七、羅漢寺へまいる」

そう言って猪牙舟を舫っている河岸地へ足を運んだ。そこは大島川に架かる汐見《しおみ》橋の近くだった。

「与茂七、舟をまかせる」

伝次郎はそう言って猪牙舟のなかほどに腰をおろした。

与茂七は腕まくりをして襷をかけると、裸足になって棹をつかみ、猪牙舟を出した。そのまま三十間川《さんじっけんがわ》に入り、崎川《さきかわ》橋を抜けると左へ進路を変えて大横川に入る。

舟のなかで腕組みをした伝次郎は考えた。

(まだ、間に合うかもしれない)

もし、真の下手人を見つけることができれば、筒井奉行の裁決を覆すことができる。むろん、難しいことではあるが、そのときは秋月市右衛門に取り下げの訴状を書いてもらわなければならない。

(そんなことができるだろうか……)

伝次郎は翳《かげ》りゆく日の光を見て、考えつづけた。

半蔵は騒ぎの折に、他の奉公人より遅れて屋敷を出ている。それなのに誰よりも早く数馬と佑馬を見つけた。そして、二人を手にかけて川に飛び込んだ。

(そんなことができるか?)

伝次郎は内心のつぶやきを打ち消す。

それに、半蔵がどこで下緒を手に入れたかがわからない。その調べは行われていない。そして、半蔵が二人の幼子をどこで手にかけたかもわかっていない。

林六之助は下緒という証拠を盾《たて》に、半蔵を厳しく訊問し、自白を強要し罪を認めさせた。むろん、秋月家の奉公人たちの証言も書き添えられているので、半蔵の仕業に疑いはなかった。それが半蔵の刑を決定づけた。

ところが半蔵が裁かれたあとで、安川鶴とおたきの連名で、助命嘆願書とも取れる訴状が目安箱に入れられ、それを読んだ筒井奉行は疑問を持った。

吟味やり直しを指図された伝次郎は詮議を行い、これまで得た証言のかぎりで半蔵の仕業だったということに大きな疑問を抱いた。

しかし、今日の吟味やり直しにおいて、半蔵の刑罰に決定が下された。

粂吉が新たな事実を得ていたとしても、それがいかほどのことかわからない。

与茂七の操る猪牙舟は、いつしか小名木川に入り東進していた。川縁《かわべり》には薄があり彼岸花が咲き乱れている。商家の暖簾が西日に染まっていた。

「旦那、どこまで行けばいいんです?」

与茂七が聞いてきた。

「もう少し先へ行って左岸につけるのだ」

川の左岸は深川上大島町《かみおおじまちよう》だった。右側には大名家の下屋敷や旗本屋敷の長塀があった。

舟を下りると、町屋の路地を北へ進んだ。このあたりは江戸の郊外で町奉行所の管轄《かんかつ》を外れたところになる。

羅漢寺は小名木川から四町ほど行った先にあった。この寺は黄檗宗《おうばくしゅう》の禅林《ぜんりん》で、八代将軍吉宗《よしむね》の時代には鷹《たか》狩りの際の御膳所《ごぜんしょ》となっていた。

粂吉の書付には羅漢寺の東にある亀戸村の百姓・朝吉と書かれていた。伝次郎と与茂七はそちらに足を運んだ。

このあたりは沖ノ島《おきしま》とよばれる田園地帯である。ところどころに百姓家《ひやくしようや》があり、村のところどころにある雑木林が、翳りゆく日のなかに沈んでいた。

「朝吉という百姓を捜さなきゃなりませんね」

与茂七が細い畦道《あぜみち》を辿《たど》りながら伝次郎に顔を向ける。

「おそらく寺から遠くないはずだ。目についた家で聞いてみよう」

一軒目の家は留守をしているらしく、声をかけても誰も出てこなかった。その家からほどないところの家を訪ねると、出てきた中年の主が自分が朝吉だと名乗った。

「ここに粂吉という男はいないだろうか？」

伝次郎が問うと、

「粂吉さんなら奥の間にいます」

朝吉が言った矢先に、奥土間から粂吉がやってきた。

「旦那、やっと来てくれましたか」

粂吉はホッとした顔で言った。

「浅利長九郎たちのことを尾けていたのだろうが、これまでのことは無駄になった」

伝次郎が言うと、粂吉は驚き顔をして目をしばたたいた。

「どういうことです？」

「まあ、よい。表へ」

伝次郎は朝吉に世話になったと礼を述べ、粂吉を表へうながした。

「今日のことだ。お奉行が半蔵の再吟味をされたが、半蔵はおのれの罪を翻《ひるがえ》しはしなかった。そのことで刑はこれまでどおり行われることになった」

「それじゃ浅利長九郎たちのことは……」

「これ以上穿鑿《せんさく》をしても無駄になるだろう。折角はたらいてくれたのに、探索は打ち切るしかない」

条吉は拍子抜けしたのか短く嘆息をした。

「それで条さん、ここで何をしてたんです？」

与茂七だった。

「何をって、例の三人のことを見張っていたんだ。やつらは深川の丹波屋に泊まっていたんだが、今朝宿を払ってこの村に移ってきた。砧半兵衛は昨日の昼に浅利長九郎と磯貝次兵衛と落ち合い、丹波屋に入った。それでおれもやつらに知られないようにして丹波屋に入ったんだ」

「まあ、よい。条吉、おぬしが無事でよかった。もしやおぬしの身に何かあったのではないかと心配していたのだ」

伝次郎は条吉の元気な顔を見て安堵していた。

「気を揉ませてしまいましたか……」

「とにかく話はあとで聞こう。朝吉の家に忘れ物はないか？」

「何もありません。着の身着のままですから」

すでに日は西の空から消えており、残照があるだけだった。

帰路も伝次郎は与茂七に猪牙舟の操船をまかせた。舟に収まると、粂吉から詳しい話を聞いた。

「昨日の昼間、長屋を出た砧半兵衛はそのまま深川へ行きまして、浅利長九郎と磯貝次兵衛と落ち合うと、さっきいた村のあたりをうろつき、さらに竪川の近くの村をまわったんです。何をしているのかわかりませんでしたが、とにかく村の百姓に会うと声をかけ、話を聞いているふうでした。日が落ちかかった頃に深川に戻ると、丹波屋に入り、すっかり日が落ちてから丹波屋を出て深川の花街へ行き、一軒一軒店を訪ね歩きました。それがどこも岡場所にある女郎屋です。用心棒の口でも探しているのかと考えましたが、どうもそうではなさそうではっきりいたしません。夜が更けてから丹波屋に戻ったんで、あっしは三人の部屋に近づいて話し声を聞こうと思ったんですが、うまくいきませんでした。それで今朝になって三人が宿を払って出かけると、あっしはそのまま尾けました。行った先がさっきの村のあたりです」

「三人は村で何をしていたのだ？」

伝次郎は粂吉の凡庸《ぼんよう》な顔を見て問う。

「それがよくわからないんです。今日も村をまわってほうぼうの百姓家を訪ねています」

「それでおぬしは朝吉の家で何をしていたのだ？」

「あの家から半町（約五五メートル）ほど先に空き家があるんです。三人がそこを塒《ねぐら》に決めたらしいので、見張っていたんです。見通しが利くので、出かければすぐにわかりますから」

「そういうことであったか」

伝次郎はすっかり暗くなっている川面を眺めてから粂吉に顔を戻した。

「とにかくご苦労であった。今夜はゆっくり休むといい」

「へえ」

伝次郎は艫《とも》に立って棹を使っている与茂七に、

「暗くなっているのでゆっくりでよいぞ」

と、言った。

舟提灯の灯りを受けている与茂七は、まかしてくださいと心強いことを言って、棹を右舷から左舷へ移した。

五

「何だか拍子抜けですね」

川口町の自宅に帰るなり、与茂七がぽつりと言った。

「まったくだ」

伝次郎も同感であった。

「やりますか」

与茂七が酒を飲む仕草をする。

「千草の作り置きがあるはずだ。それを肴にしよう」

伝次郎は着替えをして、座敷の行灯に火を点し、居間に戻った。与茂七がせっせと動いて酒と肴を調《ととの》えたので、向かい合って座った。

肴は南瓜《かぼちゃ》と茄子《なす》の煮物に、衣かつぎ。それにえぼ鯛《だい》の煮付け。

「明日、半蔵の刑が執り行われるんですね」

「うむ」

「それにしても、あんなにでっかい男だとは思いませんでしたよ」

「身体は大きくても気のやさしい男のようだ。いろいろ聞き調べをしたが、どう考えてもやつの仕業だとは思えぬ」

「でも、半蔵は自分がやったって認めてるんですよね」

「……まあ、そうなってしまった」

伝次郎はぐい呑みの酒を見つめて言った。

「なってしまったって……？」

与茂七が怪訝《けげん》そうな顔を向けてくる。

「おれにもわからぬことだ」

伝次郎はそう言って酒をあおった。

二人で三合の酒を飲んだ頃、千草が帰ってきた。

「早いではないか」

伝次郎が声をかけると、今夜は暇なので早仕舞いをしたと言い、

「それで粂さんの書付はどうなりました？」

と、顔を向けてきた。

「ご苦労だったな。折角《せっかく》気を使ってもらったのに……」

「粂さんと会うことはできたんですが、お奉行のお慈悲で半蔵の吟味直しがあったんですが、無駄なことでした。半蔵が下手人だとはっきりしたんです。おれたちの調べはそれで終わりです」

与茂七が伝次郎に代わって説明した。

「あら、そうだったの。すると、これで一件落着《らくちゃく》なのですね」

「そういうことになりますね」

二人のやり取りを聞いている伝次郎は、苦々しい思いで酒を嘗《な》めた。そのとき玄関に訪う声があり、千草が応対に出た。女の声が短くして、千草がすぐに戻ってきた。

「あなた、安川鶴様とおたきさんという方が見えました。なんでも大事な話があるそうです」

伝次郎は何であろうかと考え、座敷に上げてくれと言って立ち上がった。

座敷に移ると、鶴とおたきがすぐにやってきた。

「夜分に申しわけございません。おたきさんがわたしの家に見えて、大変なことがわかったので急ぎ沢村様に知らせなければならないけど、お住まいがわからないと言ってわたしの家に見えたのです」

「大変なことがわかったとは……」

伝次郎は鶴からおたきに視線を向けた。

「昼間は聞くことができなかったのですけれど、お屋敷にいる茂助さんという奉公人が、あの日のことを思い出したんです」

おたきはそう言って膝を詰めてきた。

「何を思い出したと言う？」

「茂助さんは馬の世話をする人で、殿様がお出かけになるときには口取りをされます。あの日、騒ぎになる前に、茂助さんは厩に雨が吹き込んでくるので、厩の片づけと藁《わら》の敷き換えをやっていたんです。そのとき、砧半兵衛さんが長屋から出て行くのを見ていたんです。でも、表門ではなく屋敷裏のほうへ小走りに行かれたそうです。そっちには、あの日わたしが見た門の外された勝手口があります」

伝次郎は眉宇をひそめた。

「それはたしかなことか？」

「茂助さんは嘘をつきません。ですが、砧さんが先に二人を捜しに出かけたと、てっきり思っていたらしいんです」

伝次郎は宙の一点を凝視した。

聞き捨てならないことだ。しかし、もう遅い。

「砧半兵衛さんが二人を追って出かけられたのなら……」

おたきは砧半兵衛の仕業だったかもしれないという顔を向けてくる。

伝次郎はふうと、ひとつ息を吐いて答えた。

「もし、そうだったとしても半兵衛の仕業だと決めつけるものはない。それに今日は、お奉行が半蔵の再吟味をされ、半蔵は罪を認めた」

おたきは驚いたように目をみはった。

鶴も絶句して膝に置いた手をにぎり締めた。

「半蔵は仕置を免れることはできぬ」

伝次郎が言葉を足すと、おたきはがっくり肩を落としてうなだれた。鶴はやるせなさそうに首を振り、

「おたきさん、しかたありませんね」

と、宥めるようにおたきに言って、

「こんな遅い時分にお騒がせいたしました」

両手をついて頭を下げた。

「もしやと思ったので、居ても立ってもいられずに……申しわけありませんでした」

おたきも伝次郎に両手をついて詫びた。

二人はそのまま帰っていった。

伝次郎はもう酒を飲む気にはなれなかったので、軽く茶漬けをすすり込んで早々に寝間へ引き取った。

しかし、眠気はやってこなかった。天井を見つめて半蔵の顔を思い出しながら、奉行から指図を受けてから今日までのことを考えた。

数馬と佑馬には会ったことはないが、二人は半蔵を慕っていた。半蔵も二人を可愛がっていた。それなのに半蔵は二人を殺した。

だが、半蔵は罵られたことがある。数馬と佑馬にとって大事な金魚鉢が割れたときだ。二人は半蔵が割ったと思ったが、あとでそうでなかったとわかり仲直りをしている。

（金魚鉢……）

割れた金魚鉢と、地面に落ちて跳ねる金魚の像が伝次郎の頭のなかをぐるぐるまわる。

（いかん、もうよそう）

伝次郎は胸のうちでつぶやいて、頭を振り目をつむった。考えても詮ないことだと自分に言い聞かせる。

しかし、睡魔はなかなかやってこなかった。起き出して台所に行き水を飲み、寝間に引き返した。すでに千草も与茂七も休んでいた。

再び夜具に横たわり目をつむり、全身の力を抜いて呼吸を整えるといつしか眠りに落ちたが、それは長くはなかった。わけがわからず気が高ぶっているのだ。

伝次郎は眠るのをあきらめ、夜具の上で胡坐をかいた。虫の声が表から聞こえてくる。静かな夜である。煙草盆を引き寄せ、煙管を吹かした。

待てよと思って、ゆっくり流れる紫煙を目で追っていると、砧半兵衛のことが気になった。金魚鉢が割れたとき、半兵衛は長屋の表で嘆く数馬と佑馬の姿を眺めていた。

金魚鉢を割ったのが半兵衛だとしたら、何のためにそんなことをしたのだ？

（もしや……）

伝次郎は闇のなかに目を光らせた。幼い数馬と佑馬は奉公人たちが住む門長屋を訪ね、ときどきからかいの言葉をかけていた。三一侍だとか芋侍だと……。

二人がそんな言葉をどこで覚えてきたかわからないが、母親の美佐に厳しく注意されたことがあったと聞いた。下品な言葉を使ってはいけないという戒めであっただろうが、投げつけられた奉公人たちは笑ってやり過ごしただろうか？

大方の大人たちは相手は幼い子でもあるし、腹立ちを覚えても仕えている主人の子だから我慢するか、適当にあしらうはずだ。

しかし、誰もがそうできるとはかぎらない。たとえ相手が子供だとしても、心外な言葉を投げつけられたら黙っていない大人もいる。それが砧半兵衛だったならどうだ。

半兵衛は騒ぎになる前に屋敷を出ている。そして、二人の子を抱きかかえて岸に上がってきた半蔵を罵り、殺しに使った得物の下緒を懐から取り出した。

さらに、半兵衛は件の日の翌る日か、その翌々日に新たな下緒を買い求めている。伝次郎はきらりと闇のなかに目を光らせ、煙管を灰吹きに打ちつけ、悔しそうに口を引き結んだ。

（いまさらどうにもならぬか……）

胸中でつぶやきを漏らし、身を横たえた。

あることを思い出したのはそのときだった。以前、伝次郎は罪人も赦免されることがあるというのを聞いている。それは、天皇家や徳川家に慶弔の儀があったときだが、それ以外にもある。

そのことを教えてくれたのは、吟味方の古参《こさん》与力だった。

名前は忘れたが、ある男が兄嫁と密通して駆け落ちをしたが、見つかって牢に入れられた。密通は死罪であるが、刑執行間際に妻を寝取られた兄の訴えで赦免された。

他にも人を殺した男が、相手の身内の訴えで赦免になったという話があった。

伝次郎は考えた。もし、真の下手人を捕まえることができ、我が子を殺された秋月市右衛門が半蔵の仕業ではなかったことを訴えれば、どうなる？

（ひょっとすると、まだ間に合うかもしれぬ）

伝次郎は立ち上がると、障子を開け、縁側の戸を少し開いた。夜気が顔を包み、虫の声が聞こえてきた。空には幾千万の星が散らばっている。

夜明けまでにはまだ間がある。半刻ほど前に七つ（午前四時）の鐘を聞いたばかりだ。

伝次郎は雨戸を閉めると、鼾をかいて寝ている与茂七を起こしに行った。

「与茂七、起きろ。これから砧半兵衛らのいる空き家に行く」

「どういうことですか？」

与茂七は半身を起こして目をこすった。

「いいから起きて支度をしろ。それから粂吉を呼んできてくれ。おれは猪牙で待っている」

六

東雲《しののめ》に赤みが差し、空の色がいっそう明るくなったのは、猪牙舟が小名木川に入って間もなくの頃だった。

川はうっすらと霧に包まれ、周囲の景色は紗《しゃ》をかけたように霞んで見えた。与茂七と粂吉は押し黙ったまま猪牙舟の進む先を見ていた。

伝次郎は上大島町の河岸地に猪牙舟をつけると、与茂七に舫いをわたして繋ぎ止めさせた。襷を外し、足半《あしなか》から雪駄に履き替え、河岸道に上がった。

「粂吉、まだいることを願うが、いなかったらそれで終わりだ」

伝次郎は歩きながら粂吉を見た。

「やつらは懐に余裕はないはずです。おそらくいまもいると思います」

「与茂七、ぬかるな。寝込みを襲うことになるが、逆らうかもしれぬ」

「へえ、合点です」

今朝は粂吉と与茂七に十手を持たせていた。

町屋を抜け、百姓地の道に出る。実っている田の稲穂がゆるやかな風に波打っていた。

用水のそばに餌を探している白鷺《しらさぎ》が数羽いて、伝次郎たちに気づいて飛び立ち、先にある田に舞い降りた。

羅漢寺境内の松の木に止まっている数羽の鴉《からす》が、いびつな声で鳴き騒いでいた。

「あの家です」

条吉が立ち止まって、砧半兵衛らのいる空き家を指さした。その家は一年前に百姓の夫婦が死んでそのままになっているらしい。

東の空から曙光《しょこう》が射すと、あたりが急に明るくなり、雑木林で鳥たちが騒ぎはじめた。

「いるようです」

条吉が空き家の雨戸に耳をつけて伝次郎を振り返った。

「手向かい逃げるようだったら遠慮はいらぬ」

伝次郎は条吉と与茂七を見て低声《こごえ》で言った。二人とも緊張の面持《おもも》ちでうなずく。

「では、かかる」

伝次郎は戸口に立つと、そのまま勢いよく戸を引き開けた。戸はガタガタと音を立てたが、すんなり開けることができた。すぐ先の板の間に三人は横になっていたが、

「南御番所の沢村伝次郎だ」

と、声をかけると、三人が驚いたように半身を起こした。

「朝早くに邪魔をする」

伝次郎はそのままずかずかと居間に上がり込んだ。

「いったいなんです？」

口を開いたのは浅利長九郎だった。

「おぬしらに聞かなければならぬことがあるのだ。それにしても出村町に長屋がありながら、なぜこんなところに居座っている？　何かやましいことでもしているのか？」

伝次郎は立ったまま三人を見下ろした。

「どこで寝泊まりしようが身共《みども》らの勝手でしょう。いったい何の用です？」

長九郎が刺《とげ》のある視線を向けてくる。

「数馬殿と佑馬殿殺しの一件だ。何が何でも教えてもらいたいことがあってな」

「あれは、もう片づいてるじゃないですか。それをこんな朝っぱらから」

砧半兵衛だった。近くにある刀に手を伸ばしたが、伝次郎は黙って腰をおろした。

「長九郎、磯貝次兵衛、おまえらに聞きたいことがある。件の日のことだ。おぬしらは屋敷で二人のお倅がいなくなったと騒ぎになったとき、門長屋にいたな」

「いましたよ」

長九郎は口を尖《とが》らせるが、寝込みを襲われたせいで気後《きおく》れしているのがわかる。次兵衛しかりだ。

「磯貝次兵衛、おぬしはどうだ?」

「いました」

「あのとき半兵衛はどうであった。いっしょにいたか?」

「なんで、そんなことをいまさら聞くんです! もう何もかもすんだことじゃねえですか! 迷惑千万だ!」

半兵衛は顔を赤くして甲高《かんだか》い声を出した。

「きさまに聞いてるのではない。この二人に聞いているのだ。どうだ?」

伝次郎は長九郎と次兵衛を見た。二人は顔を見合わせ、

「あのとき半兵衛さんは、いなかった」

と、次兵衛が言った。とたん半兵衛が息巻いた。

「おれは厠《かわや》にいたんだ。なんだ、何を聞きたいと言うんだ!」

半兵衛はいきり立った顔をした。

「やはり、おぬしはあのとき屋敷にいなかった。騒ぎの前に屋敷を出ている」

「馬鹿な、おれは厠にいたんです」

「おい、半兵衛。嘘はいけえねえな。おぬしが騒ぎの前に屋敷を出たのを見た者がいるんだ。厩で仕事をしていた茂助が見ているのだ」

半兵衛の顔が強《こわ》ばった。

「それで、おぬしはどこへ行った？」

「……二月も三月も前のことを覚えてるわけないでしょ」

半兵衛は視線を外した。

「そうかい。長九郎、次兵衛に聞く。半兵衛が脇差の下緒を騒ぎのあった翌る日か二、三日後に新しくしたのを知っているか？」

次兵衛がはっと目をみはった。

「言われてみればたしかに……」

「ありゃ古くなったんで買い換えただけですよ。沢村さん、そう言ったではありませぬか」

半兵衛がにらむように見てくる。

「長九郎、次兵衛、正直に話してくれ。もしあとで嘘だとわかったら、おぬしらの身は安泰でなくなる」

「どういうことです？」

長九郎が慌て顔をする。

「罪人を匿《かくま》えば同じ罪人になるってことだ。嘘はいけぬ。話を戻すが、件の日の夜、あるいは翌朝のことだ。そのときすでに半蔵は捕縛されて、大番屋に留め置かれていたが、おぬしらは半兵衛の脇差の下緒を見たか？」

伝次郎はじっと長九郎と次兵衛を見る。二人は首をかしげ、見ていない気がすると言った。

「おい、きさまら、うろ覚えなことを言うんじゃやねえ」

半兵衛が言葉を被せた。

「そう狼狽《うろた》えるな、半兵衛。では、きさまに訊ねる。二人のお倅が大事にしていた金魚鉢を知っているな。それには金魚も入っていた。ある日、その鉢が割れ金魚も死んでしまった。それを知った数馬殿と佑馬殿はひどく嘆かれた。その様子をきさまは面白そうに見ていた」

「誰がそんなことを言ったんです」

「邪気のない二人はときに、おぬしらにひどい言葉を投げつけることがあったらしいな。半兵衛、きさまはその言葉を受けて堪忍ならぬと腹を立てていた。たとえ、仕えている主の子供であろうと許せなかった。それで、あの雨風の強い日に、二人においしいことを言って表に呼び出し、そこで脇差の下緒を使って首を絞めた。まだ二人は幼い。隙《すき》をついて殺めるのは造作なかっただろう。そのまま川に落として流せば、気づかれないはずだった。ところが屋敷で騒ぎが起き、きさまはみんなといっしょに捜すふりをした。ところが半蔵が殺された二人に気づいて、川から抱え上げた。きさまはとっさに悪知恵をはたらかせ半蔵に罪をなすりつけ、証拠の品となるように自分の下緒を、半蔵の懐から取り上げたふりをしてまわりの者たちを信用させた」

「勝手な作り話だ。沢村さん、そんな作り話を誰が信じると思います」

伝次郎は取り合わずに言葉を被せた。

「二人の子供を川から抱き上げた半蔵は、ひどく罵倒《ばとう》され打擲《ちょうちゃく》された。そうしたのは長九郎と次兵衛だった。覚えているな」

「まあ」

と、長九郎がつぶやくように認めれば、

「半兵衛さんがやれやれと言うんでやったんです」

と、次兵衛も認めた。

「やい、次兵衛」

半兵衛は次兵衛の襟首をつかんだ。伝次郎はその手を押さえてやめさせ、

「半兵衛、きさまは半蔵に罪をなすりつけ、のうのうと生きようとしている」

と、言葉をついだ。

その瞬間だった。半兵衛は手許に引き寄せた刀をつかむなり、いきなり抜刀しようとした。だが、伝次郎の手が伸びるのが早かった。

さっと片腕を捻りあげるなり、半兵衛を押さえつけたのだ。

「ううっ……くそっ」

「半兵衛、じっくり話を聞かせてもらうぜ。粂吉、縄を打て」

土間に立っていた粂吉がさっと居間に上がり込んできて、素早く半兵衛を縛めた。

「長九郎、次兵衛。おぬしらにも付き合ってもらう。逃げたりしたら、おぬしらも殺しの助をした廉《かど》で牢送りだ」

伝次郎に脅された二人は顔色《がんしょく》を失って、なんでも話すと答えた。

「与茂七、半兵衛を引っ立てろ。上大島町の番屋へ連れて行く」

七

上大島町の自身番での取り調べは長くかからなかった。半兵衛はあくまでも白《しら》を切ったが、下緒のことと騒ぎの前に門長屋にいなかったことを、長九郎と次兵衛がはっきり証言すると、そのまま押し黙って口を利かなくなった。

しかし、伝次郎は確信を得ていた。真の下手人が砧半兵衛だということを。

「半兵衛は数馬殿と佑馬殿を煙《けむ》たがっていたのではないか？」

その問いかけには長九郎が答えた。

「ときどきあの二人は長屋をのぞきに来て、三一だとか芋侍だとか百姓侍と馬鹿にして面白がっていました。そんなとき半兵衛さんは、小生意気なガキどもだ、いまに痛い目にあわせてやると言ったことが何度かあります」

長九郎は罪人になりたくないらしく、素直に証言する。次兵衛もたしかにそんなことがあったと口を添え、さらに言葉を足した。

「殿様は剣術好きで、稽古の相手をさせられましたが、半兵衛さんの番になると、殿様は容赦なく攻め立てられます。終わったときには、半兵衛さんはへとへとで、いまに痛い思いをさせてやると……」

「黙れッ！　てめえに何がわかるってんだ！」

半兵衛は強く次兵衛をにらんだ。だが、次兵衛はつづけた。

「半兵衛さん、あんたは身共らを手下のように使い、偉そうなことを言っていましたが、何ひとつうまくいったことはなかった。されども、拙者はあんたを信じようとしていた。女衒《ぜげん》仕事だって気乗りしなかったが、結句こんな始末だ」

「くそっ。てめえ……おれを……」

半兵衛は次兵衛をにらみつけるが、次兵衛はすっかり冷めた顔をしていた。

「半兵衛、観念することだな」

伝次郎に蔑んだ目を向けられた半兵衛は、いきなり突っ伏して、

「こんなはずじゃなかった。こんなことになるはずじゃなかったのだ」

と、うめくような声を漏らした。

「親方、口書は取れたな」

伝次郎が自身番の書役に声をかけると、

「しっかり取ってございます」

と、書き取った半紙を見せた。

伝次郎は半兵衛をそのまま自身番に留め置き、粂吉と与茂七を見張りとして残すことにした。長九郎と次兵衛は、出村町の万平店に戻ると言うので、

「長屋に戻ってもよいが、呼び出すことがあるやもしれぬ。逃げたりすれば、お尋ね者になることを覚悟しろ」

「そんなことはしませんよ」

長九郎が答えた。すっかり掌を返した顔だ。

上大島町の自身番を出た伝次郎は、猪牙舟に飛び乗ると、秋月市右衛門宅へ急いだ。まだ朝の早い時刻だ。河岸道にも人の姿はまばらにしかない。小名木川を行き交う舟も少なかった。

大横川に入ると、菊川橋の袂に猪牙舟をつけて秋月家に急いだ。表門をたたき声をかけると、門長屋から中間が出てきて脇の潜り戸から顔をのぞかせた。

「大事な用があってまいった。南御番所の沢村がどうしても会わなければならないと、殿様に急ぎ取り次いでもらいたい」

中間は尋常でない伝次郎の形相《ぎょうそう》に恐れをなしたのか、すぐに玄関に飛び込んでいった。

待たされるほどもなく、伝次郎は玄関を入ったすぐの座敷に通され、市右衛門と対座した。市右衛門は起きて間もないらしく、楽な着流し姿だった。

「早朝の無礼をまずはお許しいただきとうございますが、お二人のご子息を殺めた真の下手人がわかりました」

「なに」

市右衛門は眉宇をひそめた。

「ご子息の二人を殺したのは、年季明けでやめた奉公人の砧半兵衛でした」

「なに、やつが……」

市右衛門は目をみはって驚いた。

伝次郎は半兵衛が数馬と佑馬に愚弄する言葉を投げつけられ、また、しごきとも取れる市右衛門の剣術稽古で痛めつけられたことを根に持ち、此度《こたび》の犯行に及んだことを手短に話した。

「それはまことであるか……」

市右衛門は信じられないという顔をした。

「ご子息の首を絞めた得物は、半兵衛の脇差の下緒でした。また、殿様が騒がれる前に半兵衛は屋敷を出ています。どうやって二人を表におびき出し、どこで殺めたかはこれからの調べになりますが、牢屋敷にいる半蔵に罪はありません」

「されど、半蔵は……」

「半蔵はおのれの人生への望みを失っております。さらに、他人から強く押しつけられる、あるいは言い切られると、それに抗弁できない男のようです。ときにこのようなことがあります。ほんとうは罪もない者を頭ごなしに責め立てると、その本人は何もしていないのに、次第に自分がやったことのように思い込み、罪を認めることがあるのです。半蔵もその類いの男なのでしょう」

「では、半蔵には何の罪もなかったと……」

「さようです。ついては殿様に急ぎ訴状を書いていただきたいのです。無実の半蔵を救うためです。間に合うかどうかわかりませぬが、わたしはその訴状を持って奉行のもとへ走ります」

伝次郎はお願いいたしますと、両手をついて深く頭を下げた。

「相わかった」

市右衛門は理解を示し、小姓《こしよう》に書き物の支度をさせると、半蔵の助命嘆願と砧半兵衛に対する訴状を書いて伝次郎にわたした。

「それでよいであろうか」

伝次郎は一読したあとで、

「結構でございますが、殿様の花押《かおう》をお願いいたします」

市右衛門はすぐさま自署をして伝次郎にわたした。

「詳しきことはまた後ほどお知らせいたします。では、わたしはこれにて……」

伝次郎は受け取った訴状を大事に懐に入れると、そのまま秋月家を辞した。

筒井奉行の登城時刻は毎日四つ（午前十時）と決まっている。よって奉行所を出立するのは遅くても、それより小半刻（約三十分）ほど前だ。

半兵衛の調べや市右衛門から訴状をもらうことに手間取ったので、もうその時刻が近づいている。

伝次郎が南町奉行所の表門をくぐったのは、五つ半（午前九時）過ぎであった。すでに玄関前には供の者たちが控え、筒井の乗る駕籠《かご》の支度も調《ととの》っていた。

伝次郎は流れる汗も気にせず、内玄関に駆け込むと、控えている中番《なかばん》に奉行への取次を頼み、そのまま用部屋に入った。

噴き出す汗を拭き、乱れた呼吸を整えて筒井を待った。市右衛門に書いてもらった訴状を落としていないか、懐に手を入れてたしかめる。

襖《ふすま》が開いて肩衣《かたぎぬ》姿で筒井があらわれたのはすぐだった。

「急ぎの用だと言うが、何事であろうか？」

筒井は伝次郎の前に座って問うた。伝次郎は顔を上げてから言上《ごんじょう》した。

「お奉行、秋月市右衛門様のご子息二人を殺めた、真の下手人がわかりました。その者を仲間といっしょに捕らえ、白状を迫って判明いたしました」

「なんと」

驚き顔をする筒井にはかまわず、伝次郎は砧半兵衛を捕縛するに至った経緯を箇明に話し、市右衛門から受け取った訴状を差し出した。

訴状に目を通した筒井は伝次郎に顔を向け直し、

「沢村、よくぞ調べてくれた。さりながら半蔵の刑を遅らせることはできぬ」

伝次郎ははっと顔を強ばらせた。

「そうは申しても、秋月殿からの訴状があるとなれば、ご老中にお伺いを立てなければならぬ。そのこと次第で赦《ゆるし》が出るかもしれぬが、なんとも言えぬ」

伝次郎はそこを何とかという思いで、深く頭を下げ、

「半蔵の刑は何刻から執り行われるのでしょうか？」

と、問うた。

「通例ならば牢屋敷を四つに出立《しゅったつ》のはずだ」

もう、それまでいくらも時間がない。だが、それは市中引き廻しへの出立で、刑場へ行くのはそのあとである。

「沢村、そなたのはたらきを無駄にはしたくない。これより急ぎ登城し、ご老中にお伺いを立てて知らせる。詰所にて待っていてくれるか」

「畏まりましてございまする」

伝次郎が頭を下げると、筒井は畳を擦《す》る足袋音をさせながら用部屋を出て行った。

八

四つを少し過ぎたとき、小伝馬町の牢屋敷の裏門が開き、検使の同心二人につづき罪状を書いた捨て札持ちがあらわれ、裸馬に跨《また》がった半蔵が出てきた。半蔵は白衣姿で、両腕を後ろにまわされ羽交い締めにされている。馬の口取りがひとりついていた。

その左右に朱槍《しゆやり》を持った者が二人、丸羽織に股引脚絆《ももひききやはん》の同心が四人。その後ろには、白衣に脚絆に尻端折《しりはしよ》りをして捕り物道具を持った者が六人。最後列には陣笠に野羽織をつけた騎馬の検使与力がひとりいた。

馬上の半蔵は観念の体《てい》でうつむき、大きな身体をやや前に倒していた。牢屋敷を出た一行は、そのまま大伝馬町《おおてんまちよう》へ向かい、日本橋を経由して八丁堀に入り、京橋《きようばし》へ戻って東海道を上り赤坂《あかさか》御門前、四谷《よつや》御門前という道筋を辿ることになっている。

終着は両国《りようごく》橋をめぐって小塚原《こづかつぱら》の刑場である。

空は高く晴れわたり、気持ちよさそうに飛んでいる鳶が楽しげな声を降らしていた。

引き廻しには江戸城を一周する順路もあるが、半蔵は仕えていた主人の子息二人を殺している重罪犯なので、市中を大きく廻って見せしめになるのだった。

一行が進むにつれ、通りの両側に見物人が集まり、罪人の半蔵を眺め、捨て札を読んではささやきあっていた。

その日、おたきは半蔵の刑執行日なのでとても屋敷での仕事は務まらないと思い、市右衛門の許しを得て暇をもらっていた。しかし、じっとしていることができず、安川鶴を訪ねた。

「おたきさん、わたしも思いは同じです。とても刑場に行く勇気はありませんが、最後の見送りをするのはいかがでしょうか？」

鶴にそう言われたおたきは、さっと顔を上げて、

「見送るってどこでするのでしょうか？」

と、聞いた。

「牢屋敷を出た半蔵さんは、日本橋から京橋のほうへ引き廻されるはずです。そう

耳にしたことがあります。わたしたちは半蔵さんを信じていましたが、もうどうにもなりません。声をかけられずともせめて見送りだけでもしたいと思いませんか」

おたきの心は揺れた。自分の力で半蔵の運命を変えることはできない。だけれども、鶴の言うとおり、最後の見送りはすべきかもしれない。

「お鶴様、いっしょに行っていただけますか？」

「もちろんです」

か弱い笑みを浮かべた鶴を見て、おたきは勇気を振り絞ることにした。

「では、お願いいたします」

おたきは鶴といっしょに半蔵を見送ることにして、日本橋の近くで待ちつづけていた。

待っている間に、市中引き廻しがあると聞いた町人が日本橋のそばに集まってきていた。そんな人たちの話し声を拾って、おたきは半蔵が江戸橋をわたり日本橋の近くまで来て八丁堀に向かうことを知った。

「沢村様にはお骨折りをいただきましたが、まことに残念でなりません」

いっしょに半蔵を待つ鶴が哀しそうな顔をして言う。おたきは黙ってうなずくしかなかった。

空は恨めしいほど高く晴れわたり、楽しそうに語らって通りを歩く人もいる。気持ちが塞《ふさ》ぎ顔を曇らせているおたきは、我知らず祈るように両手を合わせていた。

「来たぞ、やって来たぞ」

そんな声がして、半蔵を見物しようという野次馬の何人かが江戸橋広小路のほうへ移動した。

「ここにいりゃ見られるんだ。慌てることはねえ」

そんなことを言う野次馬がいたので、おたきとお鶴はその場を離れないことにした。

やがて、いろんな声が囁《ささや》かれるようになった。

「あれが人殺しか」「なんでも旗本の子供を二人も殺したらしい」「そんな野郎は獄《ごく》門《もん》になってもしかたあるまい」

おたきは耳を塞ぎたくなった。

そのとき野次馬の頭越しに、裸馬に乗った半蔵の姿が見えた。哀しそうにうつむいて馬の背で大きな体を揺らしていた。白衣を着せられ縄で羽交い締めにされている。

おたきはとても正視できないので、視線を足許に落とした。

「やつがそうか、とんでもねえ悪党だな」「悪そうな面していやがる」「それにしても相撲取りみてぇにでけえやつだな」

まわりでいろんな声がしていた。

「おたきさん、来たわよ」

鶴に袖《そで》を引かれたので、おたきは顔を上げた。すぐそこに半蔵がいた。いつものように憂鬱《ゆううつ》そうな暗い顔をしていた。

(半蔵さん、半蔵さん)

おたきは両手を合わせて胸のうちで呼びかけた。

(半蔵さん、お別れに来ました。さようなら、半蔵さん……)

おたきは声に出さずに呼びかけたが、半蔵はうつむいたまま馬に揺られていた。

その一行が通り過ぎようとしたとき、

「止まれ、止まれ！」

という声があり、一行の足が止まり、先頭に立つ同心が刀の柄《つか》に手をやり、槍持ちが身構えた。

「何事であるか!」

陣笠を被った検使与力が乗っている馬を先に進めて、声の主に声をかけた。

おたきがそっちを見ると、

「沢村様だわ」

と、鶴がつぶやいた。おたきも気づいた。

沢村伝次郎が両手を広げて一行の前に立ち塞がっていたのだ。

「ご老中・堀田《ほった》備中守《びっちゅうのかみ》様よりのお下知にござりまする。江戸無宿半蔵の刑、吟味やり直しにつき引き廻しは即刻差し止めに願います」

伝次郎はそう言って騎乗の検使与力に一通の書状をわたした。

検使与力は書状に目を通すと、一度伝次郎を眺め、従えている者たちに、

「御上のお指図である。牢屋敷に戻る」

と、伝えた。

ガヤガヤと野次馬たちが騒ぎ立てるなか、半蔵を連れた一行は、引き廻しの順路

を離れ、そのまま日本橋をわたって牢屋敷に引き返していった。

おたきと鶴はその場を離れようとした伝次郎に近づき声をかけた。

「沢村様」

おたきに声をかけられた伝次郎はすぐに振り返った。

「ここにいたのか。鶴殿も……」

伝次郎はおたきを見てから鶴にも気づいた。

「吟味やり直しとおっしゃいましたが……」

鶴が問うと、

「おそらく半蔵にはお赦《ゆるし》が出るでしょう。真の下手人がわかったからです」

と、伝次郎が答えた。

「それは……」

おたきが聞いた。

「砧半兵衛だ。大まかにやつは白状したが、これから厳しく取り調べる。おたき、お鶴殿、半蔵は命拾いをした。そなたらが半蔵を救ったのだ」

「それじゃ、半蔵さんは死罪にならないのですね」

「ならぬであろう」

それを聞いたとたん、おたきは両目から涙を溢れさせた。

「よかった、よかった。ほんとうによかった」

鶴が声を詰まらせながら、安堵したおたきの肩をやさしく抱いた。

九

五日後の午後だった。

伝次郎は町奉行所から戻ってくると、羽織を脱いでほっと安堵の吐息をついて、座敷にどっかりと座った。

待っていた粂吉と与茂七がその前に座り、

「何もかも片がついた」

伝次郎は口の端に笑みを浮かべて二人を眺めた。

「砧半兵衛の牢送りが決まり、身の潔白があきらかになった半蔵は放免となり、秋月家に戻ることになった」

「え、また秋月の殿様のお屋敷に……？」

与茂七が目をしばたたいた。

「秋月様が半蔵を引き取るとおっしゃったのだ。半蔵もそのことに異存はないようだ」

「すると、砧半兵衛の罪は揺るぎないものだったのですね」

「すべてを白状させるには少々手こずったが、ようやく落着した」

伝次郎は心の底から安堵していた。じつは半兵衛の調べに手を焼いていた。罪状を認めたと思えば、すぐに前言を翻したりしたからだ。

取り調べは二日をかけ昼夜を問わず行った。拷問にかけてもよかったが、半兵衛はついに根負けをして洗いざらい話した。

大まかに伝次郎が推量したことに間違いはなかったが、秋月家の厩番の茂助の証言、浅利長九郎と磯貝次兵衛の証言が合致し、半兵衛の罪が成立していた。

件の日、半兵衛は数馬と佑馬に、こんな日には大きな魚が陸《おか》に上がることがあるので捕まえに行こうと誘いかけていた。腕白盛《わんぱくざか》りの数馬と佑馬は好奇心旺盛だから、是非捕まえようと半兵衛の誘いに乗った。

そして、二人を南辻橋の近くにある河岸地に誘い出し、自分は裏の勝手口から出て先回りすると、前以て用意していた脇差の下緒を使って数馬の首を絞めた。佑馬は逃げようとしたが、襟《えり》をつかんで引き寄せそのまま下緒で絞め殺したのだった。

その後、殺した二人を川に落として屋敷に戻り、裏の勝手口から入ったところで騒ぎになっていたのに気づき、また河岸道に引き返したのだった。

それから河岸道に戻ると、半蔵が死んでいる二人を荒れる川から抱え上げているのを見たので、とっさの知恵で半蔵に罪をなすりつけたのだった。

「砧半兵衛はどうにもしようのない性悪な男だ」

「それでお裁きはいつに？」

条吉が問うた。

「明日か明後日にもお奉行が裁かれる。今度こそ市中引き廻しのうえ獄門だろう。やつはその罪から逃れることはできぬ」

「それにしても此度の調べは難渋《なんじゅう》しましたね」

与茂七だった。

「何を言うか、見張りに痺《しび》れを切らしていたのはどこの誰だ」

「そ、それは……」

与茂七はばつが悪そうに盆《ぼん》の窪《くぼ》に手をあてた。

「だが、条吉。おぬしが半兵衛を尾《つ》けたのはお手柄であった。おぬしがあの空き家を探しあてていなかったら、半蔵はいま頃首を晒《さら》されていただろう」

「たしかに条さんはよくやりました」

「与茂七、おまえにそんなことは言われたくないな」

条吉が笑いながら言うと、与茂七はまた痛いところをつかれたという顔をした。

伝次郎は表に目を向け、林六之助のことを考えた。六之助は定町廻りから下馬廻りに戻されていた。だが、そのことを二人に伝える必要はない。

「さて、今夜は何かうまいものでも食いに行くか」

伝次郎が言うと、

「旦那、どーんと派手にやりましょう」

と、与茂七が目を輝かせた。

「ほう派手にな。すると与茂七の奢《おご》りでやるか」

「旦那、それはないでしょう。おれはそんな金なんか持っていませんよ」

「ハハハ、わかっておる、わかっておる」

そう応じた伝次郎は、久しぶりに笑ったことに気づいて、

「よし、今夜は千草の店で一杯だ」

と、言って立ち上がった。

縁側の先に広がる空に薄絹のような雲が浮かんでいた。なんとも言えぬ安寧《あんねい》を覚える伝次郎だった。

光文社文庫

文庫書下ろし／長編時代小説
獄《ごく》門《もん》待《ま》ち　隠密船頭《おんみつせんどう》（十）
著者　稲《いな》葉《ば》　稔《みのる》

2023年1月20日　初版1刷発行

発行者　三宅貴久
印刷　新藤慶昌堂
製本　ナショナル製本

発行所　株式会社　光文社
〒112-8011　東京都文京区音羽1-16-6
電話（03）5395-8149　編集部
8116　書籍販売部
8125　業務部

ISBN978-4-334-79489-7　Printed in Japan

組版　萩原印刷